# 美女都是狠角色

李筱懿 著

浙江文艺出版社
Zhejiang Literature & Art Publishing House

果麦文化 出品

# 自序：真正的“狠”角色，是内心笃定的女子

## 女人的强大与强势不是一回事

不知从什么时候开始，“强大”成为女人的必选项。

《女不强大天不容》《做内心强大的女人》《世界如此险恶，女人更要强大》……打开当当网搜索“女人强大”这一关键词，会出来一长串图书目录。

也对呀。

女人不强大怎么面对瞬息万变的碎片化时代？女人不强大怎么在职场上不让须眉地横刀立马？女人不强大怎么能在失恋失婚的时候依旧挺直腰杆说“我很好，你也保重”？女人不强大怎么可以做到既维护外表的美丽又保持内心的丰盈？

生活对于女人的要求越来越多元化，不生出强大的三头六臂还真的hold不住。

于是，在你或者我的周围，出现了越来越多貌似“强大”的女人。

她们踩着高跟鞋在办公室里一阵风似的来去，用与男人同样高的声调和语气讨论工作中的某个细节；她们换得了车胎修得了电表；她们和男人实际上在分担家用，花出去的每一分钱都是自己辛苦挣的；她们即便在职场上累得筋疲力尽，回到家，踢掉高跟鞋，也会立刻变身无死角辣妈；她

们的语气越来越生硬、毋庸置疑和不可商量，在她们明白谁也靠不住的时候，在她们必须自己做决定的时候。

可是，我分明听到了她们内心失落的声音，如果能够选择，谁都没有那么坚强，没有多少人愿意做个男性化的强势女人。

在机会和选择都越来越多的时代，传统婚姻对于女人的要求越来越高，能够提供的保护却越来越少，太多女人在做自己、做别人的老婆或者做孩子的妈妈之间摇摆动荡，平衡得很辛苦。于是，她们用表面的“狠”，来掩藏内心的虚弱和疑惑，脆弱而纠结的女汉子越来越多。

什么是一个女人真正的强大？

至少，强大与强势不是一回事。

强大是内心的笃定坚韧，而强势，不过是外表的虚张声势，还带着色厉内荏的不自信。就像“狠”角色的“狠”不是凶狠，而是“有型”，内心拿得起放得下立得住，总是自信地走在自己的道路上，不再软趴趴任生活揉捏，面对前路犹疑得不知如何选择。

真正强大的女人拼职场能够独当一面，事业越做越大，心胸越来越宽。而看过了世界之大，自己那点小情小爱小悲小喜在浩瀚的时空中实在算不上什么，于是更加豁达。

真正强大的女人做主妇也能打开自己的小天地，围绕自己和家人建立崭新的生活圈，让父母、丈夫、孩子像乐意围绕太阳运转的行星一样，兴致勃勃地围着家庭的核心，少了她，家里就没有主心骨。

真正强大的女人，不管在哪儿，不管在哪种人生状态，都能活出自己的一片天空，还能发光发热兼顾他人。

所以，亲爱的你，在开篇我想对你说的是，这本书里的“狠”角色，不是外表强势内心软弱的家伙，真正的“狠”角色，是内心笃定的女子，她们百炼钢成绕指柔地化解着生活的难题。

她们是你、我、她，是我们身边每一个平凡的、努力着的、从容的好姑娘。

## 女性的世界并不只围着男人转

如果说《灵魂有香气的女子》是从29位民国女性的命运中读出自身的故事，那么这本《美女都是狠角色》就是从身边女子的经历里照见自己的影子。

有了孩子后，我更加理解女性在家庭、职场、情感、自我、兴趣之间的矛盾和压力，希望能够建立一个平台，分享积极的内容和主张，舒缓内心的负荷，成为“闺蜜”般的场所，让更多女性在这儿获得心灵的力量。

另外，我在传统媒体工作11年，是个文字控，文字是我血液里的基因和丢不开的执念。于是，2014年7月14日，我开设了“灵魂有香气的女子”公众号，不到6个月，已经有10万名朋友般的订阅用户在这个女性主义原创空间里互动交流。

从平台的留言里，我读到了更多她们的精彩：

> 懂得与自己相伴的人，内心安宁充实，举止不浮不躁，那是一种精神上的丰满。关注这个公众号的时间并不长，但自从关注后，喜欢里面的每一篇文字，甚至因为这些文字，重新感觉世事的美好，感觉时光于我的不亏不欠。

> 婚姻是一场经营。不善的婚姻有害，如剜腐，要不怕独行；有

基础的婚姻要挽救，懂珍惜。

我是一位单亲妈妈，独自一人在悉尼抚养孩子，打两份工。我现在的生活忙碌、充实、开心，充满对未来的憧憬以及对自己的肯定。我很赞同那句话：“有快乐的妈妈，才会有快乐的孩子。”我儿子性格非常开朗，完全看不出是单亲家庭长大的。我努力，我自豪。

我是“90后”，离家在大城市打拼。哦，别担心，我不是来诉苦和抱怨的，年轻人最大的资本就是能吃苦，一如你们的坚持。谨以此留言作为我们陌生人之间每天交流的一份感谢，我热爱的原创作者们。

每天，我都被这样积极的留言鼓舞，我也总是固执地发送那些能够激励人心的文字，它们绝不局限于男女情感，而是关于女性生活的方方面面：职场、爱情、亲情、亲子、旅行、音乐、电影、心理咨询等。

我知道情感话题有多热门，但是我更清楚，如果仅仅想看与男人有关的情感话题，很多人都不用关注“灵魂有香气的女子”这个号，大量公众号在教女人怎样取悦男人、斗小三和穿衣打扮，可是，这远远不是我们生活的全部。

女性的世界绝对不是只有情感问题、烦人的婆婆、不省心的男人、搞不定的小孩、迷茫的职场和娱乐八卦，我们的眼界和心灵，都要比这些丰富得多，我们知道世界的广阔，于是，不会把自己的困扰和憋闷太当回事儿，我们中的很多人，都在愉悦大气地过日子。

生活是太大的多项选择题，家庭、事业、友谊、健康、爱好，都不是唯一的答案。

女性的世界并不只围着男人转。

让我高兴的是，越来越多的姑娘和我们观点一致，我们一起擦亮眼睛去发现生活里的正能量。即便日子时常甩出几个巴掌，出几道把人问住的难题，让人误以为悲伤与放弃很容易，可是，我们依旧相信，不幸与幸福一样，都是比较出来的，石缝中的小草见到太阳是重生，温室里的花朵看到太阳是枯萎，两种心态，两个际遇，两番结局。

有多颠沛流离的青春，就有多岁月静好的中年，女人的笃定和从容，是千帆过尽后的豁然开朗。

谁说生活就该是一颗糖呢？手艺好的姑娘，即便在苦里都能调出点甜味。

而我们，就是这样的姑娘。

## 在抄袭泛滥的微信时代坚持原创

在抄袭泛滥的微信时代坚持原创有多辛苦，只有做过才知道。

2014年9月18日，我发布了一篇维权声明《我是作者李筱懿，微信时代的尊重叫署名》，内容如下：

亲爱的读者：

你好，我是李筱懿。

这个名字对于你可能是陌生的，对于“灵魂有香气的女子”公众号的读者，却相当熟悉。每天晚上，我们在公众号里分享我的原创文章，朋友般讨论情感、婚姻、职场、音乐、电影、旅行这些话题，我想，我亲笔写的文字，才是最吸引你们的所在。

即便对我不熟悉，你或许也看过这些文章：《婚姻中最狼狈的时候——写给所有中国妈妈》《多少夫妻，在耗尽一生地做彼此的差评师》《坏婚姻是所好学校》《爱是欣赏，也是改造》……

我不知道它们究竟以什么标题出现，但共同点是：它们都来自我的公众号“灵魂有香气的女子”，以及获得2014当当年中新书榜第一名的同名畅销书，我是它们的作者，而文章不仅没有署名，甚至，被窜改成了其他人的名字。

我这个原作者，倒像个抄袭者。

网络侵权在中国是普遍现象，可是，当我公众号里80%的留言都变成了截图：这篇文章是你写的吗？我的朋友不停发来疑问：你的文章被盗用了吗？我才意识到事态严重超过想象，搜索相关资料，虽然已有心理准备，结果依旧令我震惊：

截至9月17日17：05，不完全统计，大约有59404个公众号转载了《婚姻中最狼狈的时候——写给所有中国妈妈》《多少夫妻，在耗尽一生地做彼此的差评师》，我们查看了前100个搜索结果，只有8个署名并注明出处，其余，都隐匿或者窜改了作者，而且，这些文章大约三成被用于企业公众号宣传。

只是这几篇文章，便给微信带来了超过5000万次点击——你会奇怪这个数字是怎样计算的——我们粗略关注了侵权微信，仅仅几个大号的单篇阅读显示就是100000+。

而我的公众号“灵魂有香气的女子”创立于2014年7月14 日，两个月的时间，原创文章吸引了21164位订阅用户，《婚姻里，你孤独吗》《婚姻里，你为我点赞了吗》在我个人公众号里的点击量已经超过百万，那些创建更早的大号，姑且计算为500000次，已经数量惊人了。

所有写稿佬都明白原创的辛苦。

几乎每一天，我早晨4：45起床写两个半小时，然后去报社上班、陪伴家人、安排孩子的周末活动，我的业余时间几乎都给了写字。这些字就像我的孩子，现在，我的孩子被人偷走，还改了名字，这是任何妈妈都不能接受的心痛。

我极度愤怒，却无处诉说。

规则和自律让我们有尊严和充满安全感地生活在这个世界，即便身处微信时代，这依旧是起码的教养和常识。

署名，对于我，是名誉和尊重；对于转载的人，不过举手之劳。

这篇文章被很多素不相识的朋友转发，引起了一场关于尊重原创的讨论。得到这么多陌生朋友的支持，我很感动，也有不少出版社主动提出，要把这些文章集结起来以正版权。我是个认真的人，喜欢同样仔细缜密的合作伙伴。

写书犹如生活。

一本书从构思到动笔，从一个个字到一篇篇文章，从片段式的字句到篇章化的书籍，是个漫长而需要等待的过程，也是满怀期待的心情，一边努力写作，一边期待上天赐予自己一个美好结果的忐忑过程。日后看来，这本书中一定有很多不尽如人意的地方，但是现在，谢谢你喜欢并且支持这本书，谢谢你认可并且赞同我的观点。

在未来的日子里，愿我们成为共同成长的伙伴。

你的朋友：筱懿

# 目录 | Contents

## Chapter 1：真正的“狠”，是内心的笃定


通透的女人，都是“亲切的高端” 002

美女都是狠角色 007

我们的奢望要配得上我们的本事 011

怎样站上巨人的肩膀 016

带着伤口奔跑 020

安全感从哪里来 024

真的打算凑合着过掉这一生？ 028

不怕失去，才不会失去 032


## Chapter 2：“狠”出来的智慧


我不是幸运，我只是敢争取自己应得的 037

聪明人都在用笨办法做事 041

野心不能成就你的，热爱可以 045

年少得志的红与黑 049

太听话的姑娘不会太牛掰 053

那些没有被孩子毁掉的文艺女青年 057

成熟的姑娘更懂得示弱 061

Z罩杯人生 065

## Chapter 3：婚姻里的真相


她嫁亏了吗？呵呵，并没有 070

结婚还是单身，真实的得到与失去 075

女人的孤独 080

男人的孤独 083

多少夫妻耗尽一生做彼此的差评师 087

爱情与婚姻的游戏规则 091

不娱乐，不成婚 096

婚姻里，你升值了吗？ 100

婚姻不是股票，是保险 104

女人最屎的时候 108

好婚姻的标准是什么 113


## Chapter 4：幸福和什么有关


悲喜不再被男人左右，是女人的另一种气象 119

暖男，就是那个温度比你略高的男人 123

为什么男高管大多有个丑老婆 127

他最珍贵的礼物 130

值得向男人学习的事 134

值得向女人学习的事 139

## Chapter 5：这些真实的美好


绝交要趁早　146

哪个瞬间，她撤回离婚的念头？　150

爱是一件包装精美的礼物　156

原来爱情有不同的模样　160

婚姻里还有没有爱情　165

敢不敢结一次以爱情为目的的婚？　170

最坏的时光最好的人　174


## Chapter 6：她们的故事


那个渡我们的人　180

别人的婚姻里，没有你的幸福　186

芭比脸和金刚心　193

你不是炮灰，你是炮弹　199

人不作，话不多，事不拖　206

最终成全我们的，是爱不是恨　211

Chapter 1

# 真正的“狠”，是内心的笃定

那些长得漂亮、干得漂亮、活得漂亮、想得漂亮的家伙，都是狠角色。

# 通透的女人，都是“亲切的高端”

绝大多数人都无法以自己喜欢的方式过一生。
生活讲实力而不看梦想，
所谓的实力不光是财富和美貌，还包括有多少抵得住寂寞的耐心，
坚持自我的孤独，缜密规划的现实。

## 我们都不是铁凝、邓文迪、王薇薇

有几个特别耽误女人的故事。

比如，冰心和现任中国文联主席、首届鲁迅文学奖得主铁凝的一段对话。

“你不要找，你要等。”冰心对铁凝说。

这话是怎么来的呢？ 1991年5月的一天，铁凝冒着雨去看冰心。“你有男朋友了吗？”冰心问铁凝。“还没找呢。”铁凝回答。铁凝1957年出生，那会儿应该是34岁，标准的大龄文艺女青年。

于是，91岁的冰心说：“你不要找，你要等。”

其实，铁凝后来承认，自己在爱情和婚姻问题上有过一段内心戏：“我

不是独身主义者。我对婚姻也有好的期望，可我从来都是做好了失望的准备，因为我觉得做好了失望的准备，才可能迎来希望。我说对爱情要有耐心，当然期望值不必过高，但不要让希望消失。婚姻应该是爱情的自然归宿。爱情是双方相互理解、相互欣赏、相互交融的过程。爱情达到这样一个程度，就需要婚姻这个形式。婚姻家庭既是物质的承载，也是心灵的港湾。”

铁凝的父亲是著名画家铁扬，在油画和水彩画领域造诣深厚，毕业于中央戏剧学院；母亲是声乐教授，毕业于天津音乐学院；铁凝是家里的长女。

1991年，当铁凝与冰心对话的时候，她已经是中国最知名的女作家之一，仅仅在1990年至1991年的一两年里，她就写出了《孕妇和牛》《砸骨头》《埋人》等小说，1983年就出版的代表作《哦，香雪》也被改编成同名电影，由中国儿童电影制片厂拍摄，并且获第41届柏林国际电影节青春片最高奖。

她自己，则成为第一批国管专家，终身享受国务院特殊津贴。

这样一个女人，她的生活并不以身边男人的来来往往而丰盛或者凋谢，她在自己的轨迹上从容运转，她自信，却不盲目自信，所以说得出上面那段话。

2007年4月26日，50岁的铁凝与首批“国家级有突出贡献的专家”之一，著名经济学家、原燕京华侨大学校长，54岁的华生结婚，从婚后的照片看，这对不再年轻的新人笑容灿烂。

活得这么精彩的女人，还有邓文迪、王薇薇、米兰达·可儿，到处都是邓文迪和小鲜肉的海边度假、婚纱女王王薇薇和小男友的深情对望，以及米兰达·可儿再婚嫁给了世界上最富有“90后”的刷屏新闻。

可是，抱歉，绝大多数女人都不是铁凝、邓文迪、王薇薇、米兰达·可儿，所以不要干等着爱情和婚姻，如果想遇见好男人，最好抓紧，赶紧去找，争分夺秒，从地缝里把那个相对合适的人扒拉出来，珍惜彼此的缘分，别太作。

当和男人有矛盾的时候，别轻易给对方扣上“渣男”“直男癌”的帽子，不要一言不合就开撕，觉得自己受到莫大委屈，想走就走，想离就离。

那些50岁都爱得容光焕发的女人，是因为她们从20岁起就从不缺爱情，四处都有人追。

普通女人难以望其项背。

## 普通玩家选择标准配置，高端玩家选择自定义配置

> “我26岁，工作4年，突然厌倦，打算出国留学，但是，这会耗尽我所有积蓄，回来还得从头开始，值得吗？”
>
> “我高考成绩只能上专科，复读太苦，又担心没有文凭社会地位低，我怎么办？”
>
> “老公很有钱，但总管着我，我想要自由，但上班太累，怎样才能让他尊重和理解我？”

这些，听上去都是很纠结的问题，答案却特别一致：普通玩家选择标准配置，高端玩家选择自定义配置。

关键点在于：我们自己是普通玩家，还是高端玩家？

也有人问我，是选择嫁给那个不怎么让人满意的男人，还是继续单身和等待？

我身边确实有一些活得神采奕奕的单身女性，可是，她们并不像鸡汤文里写的那样，仅仅有一份体面的工作，布置一个轻奢优雅的家，会旅

行，懂4种以上语言，会健身，爱烘焙……

这些优秀的单身女人都异常清楚：独身生活要考虑的问题，一点也不比结婚少。

比如：既需要为自己赚取住房等对抗风险的固定资产，也要应对经济走势和行业变化带来的职业危机；保持高收益高风险理财与均衡保值投资的恰当比例；父母和自己的安全、健康与养老；各种需要自己独立处理的社会事务，大到养老保险，小到车辆养护。

还有，漫长而尖锐的孤独感和无依靠感。

就像娜珈所说：如果你是个会抱怨在生活里丈夫袜子乱丢、不洗碗，却没有能力改变现状的女人，很大可能，你也不是能独自处理车子在路上的事故，能独自去医院看病，能给父母选取保险的女人。

成熟的女人，清楚每一种生活方式的所得、所失，所要承担的大大小小的问题。

### 不通俗，不特殊，保持“亲切的高端”

哪个女人不想过点特立独行的生活呢？

能对不喜欢的上司扔辞职报告，像舒淇一样40岁还能遇见冯德伦，春节的时候逃离一大家子的琐碎独自出门旅行。

可是，特立独行的痛苦也显而易见，比如：所作所为不被周围大多数人理解；遇不到爱情上和你棋逢对手的伴侣；别人笑点很低你却沸点很高很难开心；总是能看清生活的本质，多少觉得有点儿没意思。

春节时，我收到一位读者提问：40岁了，还能遇见更好的男人吗？

这个真得看人。

假如20岁青春盛开的时候都没有人追，像沙发土豆一样躺在原地不动，不发展不前进，敷衍地工作，爱喝很多碳酸饮料，爱讲和自己无关的笑话和八卦，成了40岁的发胖、邋遢、有皱纹的女人，凭什么会有更好的爱情呢?

但是，假如你是铁凝、邓文迪、王薇薇，那另当别论。

新的一年会有很多新的变化，但绝大多数还是沿着原有的基调慢慢前行。

绝大多数人都无法以自己喜欢的方式过一生，因为无论是能力、机遇还是各种说不清道不明的原因。生活讲实力而不看梦想，所谓的实力不光是财富和美貌，还包括有多少抵得住寂寞的耐心，坚持自我的孤独，缜密规划的现实。

找个普通的男人，编织普通的爱情，收获普通的痛苦和幸福，这是常态。

找份普通的工作，拿到普通的薪水，得到普通的安宁和前景，这是定式。

当你真的全部做到了，会觉得这哪里是普通，这分明是“亲切的高端”啊。

# 美女都是狠角色

那些长得漂亮、
干得漂亮、
活得漂亮、
想得漂亮的家伙，
都是狠角色。

我在美容院休息室看新项目介绍，忽然走进来一位足以让任何人眼前一亮的女子，线条优美结实，皮肤轮廓紧致，五官精致清晰，礼貌周到地谢过美容顾问，优雅离去。

我的美容顾问笑着说："这是我们店接待最久的顾客，20年前刚开店她就定期来做护理。"

我惊讶得顾不上礼貌："20年前？她现在多大？"

"40多岁吧，有两个孩子。她的美容秘方是我们店的'圣经'：为了不长颈纹，20年只枕颈枕，从来不用又高又软的枕头；保持眼周没有细纹、延缓法令纹的要诀是超过15年仰面睡觉，侧睡容易长皱纹；每天倒立5分钟；跑步的习惯坚持了快20年；早晚各一张面膜，晚上三层功效不同的精华。"

每一条都让我震惊："她不工作吗？那么有时间。"

“不，她自己经营一家公司，事业也蛮好的。”然后，美容顾问笑着补充，“我们做这行，了解很多所谓漂亮的秘方，但是极少有人坚持，大多客户都是最多每周来做次护理，回家饮食、运动、个人保养并不注意，完全依靠美容院变美怎么可能？美丽的代价是努力。”

这些年，很多事例颠覆了我对“美女”的看法，就像很多经历推翻了我对“成功”的认知——那些看上去很美的故事，实际上都是很苦的过程，就好像随性与放任大多与慢性毁容相伴。

我曾经采访自创品牌咖啡馆的女老板，对她说我的梦想也是开咖啡店。

她轻轻地笑笑，跟我聊每平方米的房租、客单价、员工培训、店堂布置与氛围营造、供应链管理和采购、连锁加盟扩张发展。这些硬邦邦的字没有一个和浪漫有关系，她更不是我原先想象中捧杯咖啡看本书在冬日的暖阳下窝掉一个下午的爽人。她总是在巡店，从一家店到另一家店，从一座城市到另一座城市，忙碌而麻利，很少说多余的话，很少做无谓的事，她告诉我，这才是咖啡馆老板的真实生活，脚踏实地努力出来的安全感。

因为走的路多，她身上有种见多识广的漂亮，“美女”在她这儿绝对不是“先生小姐”式的统称，而是货真价实的结论。

我也曾打算开家淘宝店，坐在家里SOHO，想了三四年都没做，可是我的大学同学张琳琳做了。

这个新疆姑娘在网上卖围巾，从一家红心都没有的小店做起，整夜弯腰拍样品上货，累得直不起腰，在医院吊水，还把流速推到最快赶时间，在大巴扎进货一家一家敲门，孤注一掷把所有的积蓄押进货款，偶尔也会看走眼做季节性产品血本无归。

可是6年之后，我依旧老老实实码我的字，她却成了我的采访对象——中国围巾第一品牌“羚羊早安”创始人、阿里巴巴“全球十佳网商”、淘宝七大传奇卖家、首届青年创业大赛冠军等等。

忙碌中，这个漂亮姑娘还拿到了社会学和管理学双硕士。

老天多么不公平。

老天又是多么公平。

那句话怎么说的？

只有十分努力，才能看上去毫不费力。

是的，成功的人从来不会把努力挂在嘴边上，所以总是给人很轻松的假象——学霸从来不看书，美女怎么吃都不胖，明星每晚贴两片黄瓜皮就能永葆青春，企业家经常撞大运遇见风投莫名上市，韩寒、郭敬明拥有大票脑残粉，赵薇随便出手拍个电影票房口碑都能双丰收，那个叫老罗的胖子靠耍嘴皮子收会员费卖月饼都能成自媒体先锋。

呵呵。

你懂的。

这个世界上若有若无的才华很多，漫不经心的敷衍很多，被现实粉碎的梦想很多，对别人的美丽和成绩云淡风轻说几句漂亮话的机会很多，可是踏实的勤奋却不多。

那些长得漂亮、干得漂亮、活得漂亮、想得漂亮的家伙，都是狠角色。

他们专注、自信、骄傲，甚至有点偏执，对自己狠得下心下得了手，在别人散漫的时候用功，一用若干年，可怕的是，他们的情商、智商还比一般人强。

聚沙成塔、水滴石穿都是痛苦等待和磨炼的过程。人都有惰性，谁不愿意慵懒地靠在松软的沙发上，美好前程自动在眼前铺开呢？谁不想随时随地来一场说走就走的旅行呢？谁不想爱谁是谁随心所欲地谈一场恋爱呢？谁不想天生拥有玻璃心和公主病的双重资本呢？

真相很凄清：你对自己下不了狠手，就轮到生活对你下狠手，你人生中偷的那些懒，离不开的那些人，荒废的那些时间，某一天会用特别的方式回报你——或者成为臃肿而不健康的中年妇女，或者成为被感情抽得遍体鳞伤的萧红式怨女，或者成为一点都不快乐没有安全感的憔悴妇人。

经历了冬天的荒芜、春天的播种、夏天的耕耘，秋天的收获才可能是顺理成章的事。

只是，美女不会告诉你，她跑了多少公里路，流了多少汗，扔了多少双走坏的鞋，多少年没有趴着睡过觉，才换来了一身紧致的肌肉和一张无瑕的面孔。

1923年，中国姑娘谢婉莹到美国威尔斯利女子学院留学，穿过著名的塔院，走过树林和草丛来到主校区，望着眼前波光粼粼的慰冰湖，听老师说起11年前另一个著名的中国女学生：

她主修英国文学，兼修哲学，选修法语、音乐、天文学、历史学、植物学、英文写作、《圣经》史和辩论术，还在佛蒙特大学选修过教育学。她成绩优异，热爱体育，几乎是“德智体美劳”全面发展的典范。

后来，她讲了一口流利而优雅的美国南方口音英语，1943年2月18日，她在美国国会发表了 20分钟的演说，成为美国历史上最著名的国会演讲之一，她是第二位登上这个讲坛的女性，轰动美国朝野。

她也是个美女，名叫宋美龄，而谢婉莹，就是著名的冰心，据说同样是个美女。

先别忙着尖叫、鼓掌、挥舞荧光棒，想想这些光环背后的功夫。

就像水木丁说的，美女都是狠角色，尤其对自己。

# 我们的奢望要配得上我们的本事

我们如今得到的一切，

都是愿望与能力最终妥协的结果。

曾经，我有一个神一般的保姆，她在我家有着无与伦比的地位。

她只喝自己带来的祁门红茶；必须睡硬板床，柔软的席梦思是万万不行的，因为她担心驼背；每天早晨一定要吃用纯碱而不是发酵粉做的馒头；每个周日务必休息；还对我的饮食作息严加管束，我在家做的事，得由她把关。

圣诞节前几天，我准备参加闺蜜的年终派对，惴惴不安好一阵子才打定主意不告诉她，偷偷溜出去。当我化着美美的小烟熏，穿着炫丽的小礼服，拎着闪闪的小高跟鞋，猫着腰，企图逃过她火炬般的目光时，身后响起幽幽的声音：

“小李，你这是要到哪去？下午三点我们家政协会召开年度大会，我要代表理事们致辞，你得留在家里照看宝宝。”

是的，我果断地洗掉了小烟熏，脱下小礼服，放回小高跟，安安静静守着我的小宝宝，成全了神级阿姨的会议报告。

你问我为什么要忍？

因为那时，我的宝宝刚刚出生，每一个小小的孩子来到这个世界，都不会自带使用说明书，面对这个伸腿蹬脚的小人儿，全家都犯难，而我要继续工作，只有她才能搞定一切。

忽略她的脾气，她是我见过最卓越的保姆——当得起“卓越”这个词。

孩子在她手上完全是个小把戏，除了所有带孩子的基本功，她还会抚触会按摩，会拍嗝会治病，宝宝到点就睡醒来就吃，不哭不闹心情良好，她就是一本关于孩子的百科全书。此外，她亲手给我做固元膏，传授我中医知识，了解一切生活里的小窍门，拆洗窗帘、收纳整理、熨烫衣服、烧菜做饭、读书看报，除了不会英语，她的技能和水准简直是国际化的。

她的能力撑得起她的脾气，所以，我心甘情愿百般佩服地忍了。

今天说起久违的她，是因为我收到一个问题，有妹子问我：“筱懿姐，怎样才能生活得更好？比如，让老板给我升职，找到一个收入与心胸都体面的男人，拥有一群合意的朋友？”

妹子的期望可不低呀，简直是一场关于人生的全垒打，所以，我想到了曾经高要求的神级保姆。

一个人，当他对生活提出要求的时候，生活也会对他提出反向要求。所以，比较现实的做法是，首先反复掂量自己有多大本领满足生活的要求，考察自己的能力与愿望是否匹配，然后再给出问题的答案。

而清醒、客观地认识自我，是个异常艰难和痛苦的过程。

每当我在家照镜子，经常觉得自己肤白发黑，各种美貌淡定有气质。可是，等到出了门，哪怕在经过一些会反光的玻璃门时不经意扫一眼，才发现，那个身材不够凹凸有致，头发蓬松，脸泛油光，表情茫然的身影，真的是自己。而平时，我活在美图秀秀的天地，我知道让自己变美的秘籍：

化妆有三宝，BB霜、眼线、遮瑕膏；

照相有三宝，低头、半侧、手叉腰；

PS有三宝，修补、液化、调色调。

这个世界上的很多人，包括我，对自我的认知，都有意无意地停留在PS的世界，自动选取最完美的角度观察自己。

他们害怕承认是因为自身努力不够，才无法走到梦想的高度；他们不肯明白是由于本人不够美貌出色，所以吸引不来男神或女神的爱情；他们拒绝看清自己的性格缺陷，固执地认为目前坚持的一切都无比正确；他们摈弃忠言逆耳的善意劝告，觉得那些不中听的真话都是羡慕嫉妒恨的打击。

总之，他们自觉否定生活给予的真相，宁愿隔着美图秀秀看到自己被美化的能力和本事，然后痛斥世界对自己太不优待。

人生的残忍在于，拼尽全力以后，承认自己终究不过是个普通人；有些宏大的蓝图，永远不会在自己生命的疆域里生根发芽。

能够坦然面对自我的渺小，承认自己的能力够不上愿望，愿意把目标降低到一个可行的水准，是勇气，也是智慧。

我的朋友高老师说："这世界上有很多活得很努力的女人，但是有的让人赞赏，有的让人心疼，前者姿态优雅，后者表情悲壮。有些女人，无论怎么制造热闹，都难掩心底的崩溃。分寸是个技术活儿，用力太猛难免姿势走形，你之所以迷茫，就是因为你的才华和你的梦想不匹配，而活得老让人觉得心疼，也是因为能力与愿望不匹配。"

这是我一大早扒拉了半天，从她微信里找出来的。

回到今天的这个问题：怎样才能获得美丽人生？怎样才能拥有好职业、好男人、好朋友？

先看看手中的底牌，衡量下能够付出的代价，计算出必须投入的勤奋，然后，设置一个可以达到的目标。

作为千千万万普通人中的一员，我们需要接受事实：即便再勤勉，比尔·盖茨也只有一个；即便再贴心贴肺，马克思和恩格斯那样的友情也是可遇不可求的。

我们如今得到的一切，都是愿望与能力最终妥协的结果。

还记得《渔夫和金鱼》的故事里渔夫的老太婆吗？她要钱，要大房子，要珠宝，要仆人，要当女王，可是最后，她一无所有——因为奢望远远超越了她的本事。

当能力与愿望匹配，所有期许都是正当需求；当能力小于愿望，所有要求便都成了贪婪的妄想。

努力与用力的区别是，前者向着脚踏实地的梦想，后者朝着遥不可及的奢望。前者虽然辛苦，但是快乐；后者即便暂时热闹，也难免结果寒荒。

我和我的神级保姆最终难免一别。

在我的钱包赶不上她的工资增长要求后，我心痛地和她分开，心情之沉重犹如被人棒打了鸳鸯。我深深地知道，我没有本事再继续拥有她，我的能力与我的愿望不再匹配，只好放弃。

我找了一个月薪2500元的大姐。她带孩子的时候就顾不上做饭，做了饭就来不及洗衣服，她看不了书、读不了报，自己的名字也写得歪歪扭扭。

但是，她每两周才休息一天，每次休息，她老公都来到我家楼下高高兴兴接上她，手牵手走回家；只要我有工作，她就会毫无怨言地调整自己的休息时间配合我；我生病，她就实心实意给我倒水买药量体温。

我喜欢她，她才是和我匹配的那个人。

而前面那个，我高攀了，所以活该累。

# 怎样站上巨人的肩膀

才气是一种锋芒，耀眼又灼人，
只有懂得放低自己的人才能靠近和镀金。
能够与比自己优秀太多的牛人成为朋友，
本身就是一种非凡的能力。

M是我认识的最聪明的姑娘——不是满脸写着精明，而是看上去憨憨的，诚恳又好相处。我见她做过的最聪明的事，莫过于拜对了师父。

那时，她刚刚大学毕业，在一家挺不错的广告公司上班。她像所有职场新人一样，工作中最多的内容是打杂——大学里我们都曾经想象穿着高跟鞋做提案的白领生活，出来才知道，只有先打好杂才能接触到真正的工作内容——M就是个打杂水平特别高的女孩，只是，犹如上天的考验，她碰上的也是特别难相处的上司。

她的上司，一个只比她大4岁的男人，毕业4年，是业内出了名的才子、工作狂、话痨、细节控、自大症患者，生活上近身三尺寸草不生，工作中所向披靡攻无不克，不到4年他便被提拔为部门总监。由于业绩斐然，公司上下都忍了他的狷狂。不过，谁都没有M忍得那么到位。

早晨，她笑眯眯地递上酽酽满满的茶杯："师父，喝茶。这两天在看什么书？"

中午，不等他从文件堆里抬头，她便已把在食堂精心搭配好的饭菜放到他手边："师父，吃饭。有没有火爆的行业资讯啊？"

下午，她经常自费到对面咖啡馆打包一份他最喜欢的无糖无奶素咖啡，灿烂地递给他："师父，你的最爱！顺便看看我这个案子写得怎么样？"

晚上，她挨到跟他一起下班，特别真诚地问："师父，这个我不懂，教教我吧，不会给你丢人的。"于是，办公室混搭起一阵噼里啪啦不耐烦的解释和一团和气的细声细语。

广告公司大把恃才傲物、个性张扬的大拿，忽然冒出个贴心清秀的小姑娘，的确是件开心事。久而久之，"师父"上哪儿都带着她。

有人拿M开玩笑："你是有师母的！"

M细弱坚决地回应："我诚心向师父学本事，掰扯这些干什么！"

大家习以为常之后，便不再对骄横的师父和柔弱的徒弟二人组八卦了。事实却是：2年后，师父自立门户，徒弟与他一道创业；6年后，师父真正成为行业大佬，徒弟当了他的合伙人。

我再次见到M时，当年柔和温顺的女孩，已经变成优雅沉着的女子，不变的是低调与亲和。

"站在巨人的肩膀上"听起来特别励志，让我们这些霍比特族矮姑娘很振奋，可是究竟怎样才能成功地让巨人待见咱们，腾出肩膀让咱们待着呢？

M是个成功案例，即便她的师父算不得了不起的巨人，高人也还称得起。

从前看《射雕英雄传》，洪七公是我最期待出场的人物——4位武侠宗师，东邪黄药师全能型高冷，西毒欧阳锋厚黑范阴毒，南帝段智兴道貌岸然得像个不真实的完人，只有北丐洪七公，透着率性而为宽厚仁侠的潇洒痛快，更不用说武功上的成就。

这么一位武学大师，怎么偏偏看重郭靖这样既没有天分又不够聪明的徒弟呢？

金庸写洪七公贪嘴黄蓉做菜的那段，在我眼里是全书的神来之笔。

尝遍天下鲜的洪七公在御厨房梁上偷栖了两个月，皇帝的御膳得他先尝，合意的留下，不合意的再还给御厨。

这样的食神，黄蓉用“玉笛谁家听落梅”“二十四桥明月夜”“好逑汤”招待他。“好逑汤”名字取自《诗经》，整个汤荷香四溢，汤中的樱桃是美人小口，花瓣是美人的面容；“玉笛谁家听落梅”，把牛肉、羊肉等几种鲜嫩肉条拧在一起，最妙之处在于每多嚼一口就有一种不同的滋味；“二十四桥明月夜”，白玉一样的豆腐经过轻柔的兰花拂穴手，剜成一个个软嫩嫩的圆月亮，置于火腿中蒸熟，充分吸收火腿的鲜美。真是忘俗的大食客。

烹饪这种艺术，与武功一样，需要天分。

与其说黄蓉的厨艺征服了馋嘴七公，答应教愚钝的郭靖三招两式，不如说这是两个聪明人之间的惺惺相惜。七公的武艺哪里来？书里说“一半得自师授，一半是自行参悟出来”，他对武功的悟性，应该不在黄蓉对烹饪的天分之下。

可是，仅凭几道菜就能骗得武学宗师倾囊相授，也未免太小看七公，他之所以收郭靖为徒，除了舍不得黄蓉的佳肴，更因为看出了郭靖是一个“傻不楞登的小子”。杨康、欧阳克甚至很多路人甲都比郭靖智商高、嘴巴甜，可是像郭靖一样朴实憨厚豪侠重义的后生，不多。这些品质恰恰七公自己也有，不同的是，比之郭靖，他又多了智慧、酣畅和潇洒，他有点儿像六分郭靖四分黄蓉的综合体。

貌似愚钝的郭靖可以站上武学宗师七公的肩膀，占尽天时地利人和的优势，可见，能够站在巨人肩膀上的人，都有被巨人欣赏的过人之处，寻常人等，万万入不了巨人阅人无数的法眼。

而这些过人之处，有多少分是天生，又有多少分是后天苦修？真的入了巨人法眼，距离成为小巨人也不远了。

“如果说我比别人看得更远些，那是因为我站在了巨人的肩上。”

说这话的牛人是牛顿——思维缜密、脚踏实地的摩羯座理工男。虽然我完全不懂牛顿的理论，但是我看明白了，这个自谦“站在巨人肩膀上”的人，其实自己本身就是个巨人，甚至，是个比他的前辈们成就更卓著的科学巨人。尤其难得的是，巨人还特别谦虚努力不狂妄。

由此可见，怎样站上巨人的肩膀是有前提的：

第一，自己不能太矮。智慧与能力都太袖珍的人，要爬上巨人的肩膀真不是件容易事。

第二，爬上去之后得站得住。假如自己没有什么进步，让巨人失望了，他也不乐意让你老在肩膀上待着给他丢人，那片巴掌大的黄金位置，总要留给帮得起来的人。

第三，才华横溢的人，往往脾气好不到哪里去。

传说中既有本事又温和的人，往往是跌过跟头，吃过苦头，领略过生活的跌宕，收敛了与生俱来的锐利，在后天的雕琢下逐渐懂得敬畏，然后向完美的轨道发展的人。而这个典范的原型，很可能是恃才傲物的狂人——才气是一种锋芒，耀眼又灼人，只有懂得放低自己的人才能靠近和镀金。能够与比自己优秀太多的牛人成为朋友，本身就是一种非凡的能力。

这些，在饭桌的觥筹交错间找巨人、在高大上的论坛里漫天撒名片找巨人、在朋友圈里不停加人找巨人的聪明姑娘，真的像M一样明白了吗？

# 带着伤口奔跑

我们看到的那些勇敢并且完美的人，
不过是带着伤口依旧愿意向前奔跑的人。

我最难忘的采访经历，来自一位女企业家。

她完全不像大家想象中的女强人——气势咄咄逼人，说话笃定泼辣，穿着霸气十足，神情自信骄傲。恰恰相反，她的办公室充满温和的女性气息：色调是清雅的浅绿，优雅的玫瑰花茶在透明的茶具里散发着幽幽的香气。采访的过程如老友聊天一般亲切随意，她摆上精致的茶食招待我，有问必答，谦虚从容。

愉快地结束工作，我收拾东西时灵光乍现，请她为当代职业女性平衡家庭与事业之间的关系提点建议。她神情略变，踯躅了一下，依旧微笑着说："这一点，我可能没法给大家提建议，我自己的家庭也不完整，一年多前我和孩子的爸爸离婚了，为了让孩子有个接受的过程暂时没有公布。"

说完，很抱歉地微笑。

我有点不知所措，为自己的冒失难堪。感性的采访者虽然在情绪调动与交流方面没有问题，却常常失分于分寸把握，把自己弄得太入戏，问出让采访对象为难的问题。

她看我窘在那儿，连忙接着说：“我是觉得自己在这个话题上并不是榜样，也不想说空洞的套话，所以实话实说。上天没有给我做贤妻良母的机会，但是给了我其他方式的精彩，只是很抱歉不能回答你这个问题啦。”

她像为我解围似的解释，我又轻易地被感动了。

大多采访对象，不过是工作关系，一问一答，一个写新闻一个做宣传，都是工作，诚恳投缘的人并不多。所以，至今我没有把这件事告诉身边任何一个朋友，即便消息公开之后，我也守口如瓶。因为当时，面对一个初次见面的记者，她完全可以敷衍几句客套话，对于老江湖，这并不难。所以，我珍惜这种难得的信任和缘分。

回去后，我仔细整理采访资料，才发现她的很多成就都是在失去家庭的一年半里获得的，甚至，她可能为了挽救不再稳固的婚姻，在身体与工作强度并不适合的情况下，生了第二个孩子，虽然这并没有周全她的家庭。

从时间上看，她孩子出生的时候，应该正是企业资金状况糟糕的节点，而怀孕的难受对谁都很公平，我只能想象一个孕妇和新妈妈怎样一边忍耐着身体不适，一边应对着公司经营。她无意中提到自己心脏不好，这个孩子让她承受了极大危险和风险，而婚姻的危机，当时也应该显现了吧，身体、家庭、工作三重压力硬扛下来，依旧保持温和、温暖和信心，我除了敬佩，还有心疼——很多所谓的强人，不过是更能忍而已。

通常印象中，职业女性常因为工作忙碌忽视家庭而造成婚姻解体。而在我见过的事例中，这并不是主要原因。通常在职场表现优越的女性，会把优秀形成习惯，在家庭里同样要求自己成为高分主妇，她们甚至比普通女性更加愿意付出，更容易沟通，姿态放得更低。她们的婚姻维护难度更大的原因，在于对方的理解和配合。

大多婚姻的差距是由男人领跑造成，而领跑者一旦换成女性，这种差距会由于男人心理上更加难以调适、危机感更强而扩大，女人为了维护家庭完整，能够做出的选择就变成了：第一，停止前进，与对方一起慢慢走；第二，继续前进，与对方割裂；第三，进退两难，与对方在尴尬中相持，一对怨偶走不快也断不了。

绝大多数中国家庭，由于各种原因，选择了第三种。

绝大多数奔跑中的人，鼓起断尾求生的勇气，选择了第一种。

所以，优秀的女人获得幸福的婚姻，实际上比优秀的男人保全体面的家庭难度更大。

稿子写完后，我很仔细地同她确认，生怕自己遣词不周到，或者情绪上偏爱，反而给她带来麻烦。

后来，我们成为朋友。

这么多年，我看着她深居简出，把包括自己外公在内的一大家人接到一处生活，很少有应酬，更少有是非，只字不评论对方，企业却越做越大。

从她身上，我突然明白，我们看到的那些勇敢并且完美的人，不过是带着伤口依旧愿意向前奔跑的人。我曾经羡慕奥黛丽·赫本几十年不变的纤瘦优美，后来读到她的儿子肖恩写的传记《天使在人间》，才知道她所谓的苗条居然来源于童年的营养不良。

这个英国银行家和荷兰女男爵的女儿，6岁便就读英国肯特郡埃尔海姆乡的寄宿学校，10岁进入安恒音乐学院学习芭蕾舞，她的优雅几乎是世袭的。

可是，第二次世界大战爆发，荷兰被纳粹占领。谣传她母亲的家族带有犹太血统，她粉色的梦立即被现实击碎。整个家族被视为第三帝国的敌人，财产被占领军没收，舅舅被处决，她和母亲过着贫困的生活——因为缺少食物，她经常把郁金香球根当主食，靠大量喝水填饱肚子。

她瘦削的身材正是源于长期营养不良。

虽然如此，她依然没有中断练习最爱的芭蕾舞，即使穷到要穿上最难挨的木制舞鞋也没有关系，她的梦想是成为芭蕾舞团的首席女演员，可是战时长时间的饥饿影响了肌肉的发育，再加上她几乎比当时所有男芭蕾舞演员都要高太多，这个梦想最终还是破灭了。

像补偿一般，她优雅的气质在时光中被复刻下来，《罗马假日》试镜的时候，她轻而易举脱颖而出。

生活为你关上一扇门就会打开一扇窗，只是很多人都没有等到窗口打开便主动放弃。

的确，在某一个时间段，我们都会感到无力解答命运给出的难题，看不见未来也没觉出希望，只感应得到伤口的疼痛。可是，只有带着这些或者隐隐作痛或者痛彻心扉的伤口，奔跑到更高更远的位置，回望来时路，才可能发现解决问题的办法，甚至走到下一个路口，从前所有的问题便自然而然迎刃而解。当然，新的问题也会扑面而来。

贝多芬是个聋子，伊索是个瞎子，凡·高那样热爱家庭的人却一辈子结不成婚，谁都有那么一段伤痕，犹如命运在生活的道路上设置的路障。

它们有时是阴影重重的童年，有时是寡淡稀薄的亲情，有时是无能为力的健康，有时是突如其来的变故，有时是勉强为继的婚姻，有时是难以预料的背叛，有时是不太懂事的孩子。

最好的人生，不是一马平川没有障碍，而是跨过或者绕过路障后继续向前；最好的际遇，不是不受伤，而是带着伤口依然愿意奔跑；最好的天气，不是永远都是艳阳天，而是尽管现在滂沱大雨，太阳明天依旧会跳出地平线。

所谓的伤口，让我们每一个人变得更加勇敢，更加惜福。

# 安全感从哪里来

每个人都有擅长的领域，
并且在这些领域中安全感爆棚，
在生活里扩大这样的领域，
带上满满的安全感，自如行走好了。

13年前，我大学刚毕业，是一名初出茅庐的培训师，因为上司生病而临时代替他参加一堂原本不是我的级别所能参与的培训课。这堂针对企业管理培训师的高大上的课程，随处可见500强资深培训师。在他们身边，我像一只闯进孔雀团队的小笨鸭子，极力想take it easy（放轻松），心里却明白：自己实在没啥easy可以take。

生手装×是件特别可笑的事。因为确实没有底气，只好讳莫如深地微笑；由于真的讲不出有营养的内容，只有低调而不奢华地沉默。

初入职场，我便深刻体验了什么叫不安全感。

新加坡讲师非常善于调动课堂气氛，快下课时抛出一个题目："如果被学员问到怎么想都答不出来的问题，大家怎样处理？"

答案五花八门，这样的小Case显然难不倒经验老到的培训师们，但是我这只菜鸟却是一手心的汗，心如鹿撞，生怕他转到我身边拍我肩膀让我回答。

这个好人一定看出了我的紧张，他没有点名让我答题，而是看着我的眼睛大声说：“Helen，你觉得这样回答怎么样？我们热情地对提问者说：你的问题太棒了！这也是这门课程中必须掌握的核心，所以我非常希望听到大家的意见。哦，A，请你说一下你的看法。嗯，非常棒！B，你怎么看？好极了！还有你，C，你总是有独特的见解。非常完美！好的，实际上，大家都已经深刻了解了这个问题，把所有的答案汇总起来，就是完美解答！”

全场哄堂大笑。

对于这种善于把球踢回去的善意而幽默的老江湖，真是什么问题都难不倒。

下课后，他特意走到我身边微笑着低声说：“Helen，你还是一个小郎中，当你成为一名专业上的老中医之后，就不会害怕任何问题了。”

从那时开始，我明白，人类的一切不安全感统统来自不自信，来自对未知不可控的惧怕，来自对能力与愿望不匹配的担心。尤其女人，“没有安全感”几乎是一句口头禅。

我们看到并且接触过很多类似的女子：她们在职业上没有安全感，不愿挑战任何有难度的工作，而实际上，几乎所有轻而易举就能完成的任务都是简单重复性的劳动；她们在生活里没有安全感，吃着今天的提拉米苏担心10年后有没有红茶，为没有发生的事情担惊受怕，却不去努力让今天过得更好；她们在爱情中没有安全感，找个帅哥怕被劈腿，找个暖男怕对方不上进，找个成功人士怕过不到头，找个各方面都寻常的普通人，又觉得自己一辈子太亏；她们在婚姻里没有安全感，防白发防长胖防皱纹防小三，生怕一不留神，老公就成了前夫；她们对子女没有安全感，忧虑考不上重点高中连带着上不成理想大学，出国怕学坏，国内待着怕教育体制耽误孩子……

我们身边随处可见这样焦虑的女子，不受年龄限制，从20岁到60岁都有，像触角灵敏的昆虫，睁大眼睛警惕地打量着世界，精神紧绷却故作强大，其实心虚得很。

她们，包括曾经的我自己，都用过一种比较错误的方式寻求庇护——向别人——父母、男人、朋友、子女等等一切外力，索取让自己内心平静踏实的力量。可是安全感不是收税，无论向哪个人征收，结果大多是陷入深深的失望。

安全感，实际上是一种“内因”，是一个人对生活的综合掌控能力，无论精神还是物质，当他感到在职业、婚姻、家庭、友情这些方面一切皆能自如应对的时候，便进入了舒展而放心的状态，这种状态就是安全感。

在安全感的内因作用下，一个女人即便遇到生活中突如其来的变化，也能够活得相对主动，调动拥有的资源应对变更，并且鼓励自己不要那么无助，积攒起信心向前看。或许，她对未来也会担心，但是绝对不会灰心，甚至悲伤和自怨的时间都比别人要少得多。

一个能够给予自己安全感的女人，心绪稳定，内心坚定，不会被别人的情绪干扰，她的温和、善意、笃定与靠谱，源源不断地为周边人输送着安全感。

此时，她真的像那位新加坡讲师所描述的那样，从一个原本稚嫩的小郎中，在生活的望、闻、问、切中，诊治了海量病人，积累了丰富经验，最终成长为人生的老中医。面对再严重的病症，也有应对之策；即便无力回天，也能微笑向暖，安之若素。

如此，内心自然安全了。

顺便说一下，13年前培训课的最后一个环节是团队合作小练习，资深的培训师们分成若干小组，充分利用手头资源，不发任何道具扮演东方不败，评分最高的小组获胜。

这可是我的强项，我心里狂喜，拿出大学演话剧的劲头，在小组里征集各色用得上的道具，Cosplayer一样给自己涂大红唇，画入鬓的剑眉，提亮鼻梁和颧骨，描眼尾上翘拉长的眼线，穿着自带的黑色旗袍，组员赞助的黑色长款丝巾披在身上好似拖地披风，我信心满满缓缓上台，对台下观众跷起兰花指猛转身亮相。

新加坡讲师眼神一亮，然后笑歪了，竖起大拇指，使劲鼓掌。

结果像一场奖励，培训结束后，他额外给我发了一个“优秀表现奖”。

我把奖状带回去挂在办公桌上，上司很骄傲，觉得没有看错人，可直到现在，他都不知道那张奖状是因为扮演东方不败得来的。

每个人都有擅长的领域，并且在这些领域中安全感爆棚，在生活里扩大这样的领域，带上满满的安全感，自如行走好了。

# 真的打算凑合着过掉这一生？

凑合，实际上是个不断放低底线，
容忍人生不停下滑与坠落的过程，你知道它的终点在哪里吗？

有姑娘给我留言："筱懿姐，谈恋爱了，见了男友家长，要催婚的那种。我不确定——他不是那个我愿意用一生陪伴的人，又害怕往前再也遇不到合适的，纠结中觉得就这样凑合一下吧，有多少人不是随遇而安呢？"

于是，我当天早晨4：30爬起来奋力打字写回复，就是为了告诉她：

很多人都不愿意凑合着过掉这一生。

我刚工作时遇到一位女上司，38岁——以那时的经历看，简直天文数字一样的年纪（哈哈，你看到了别捶我）。她第一天上班就给足我们惊喜与惊艳，简直明媚照人：一头乌黑讲究的披肩长发，卡其色长裤、白衬衫、鲜艳的丝巾，身材高挑、笑容开朗、声音清脆，外形好似亦舒女郎。

她听到我们称呼工作组里30岁不到的男同事"老王"，立刻反抗了："你们不会叫我'老C'吧？太难听了！叫'C姐姐'，不是'C姐'啊，

‘C姐’听着像黑帮女老大。”

我幼小的心灵乐歪了，觉得到了38岁要是这样好看，我也不贴面膜和时间抗衡了。

她带着我做项目，出差，说起生活里的点滴。比如：大学和篮球队队长恋爱，忍了3年两地分居，直到把他变成孩子爹；女孩要多挣钱多读书，穿漂亮衣服看美好世界，千万不要轻视财富，至少高考和财产都是我国相对公平的衡量普通人能力和水平的标尺；对细节或者关键问题尤其不能凑合——这句话我后来才有切身体验。

她的级别可以住单间，有几次为了和我聊天，两人一块定了套房。

我看到她旅行箱里的内衣，全部成套，精心搭配；每晚睡前，她在脚上涂厚厚的护足霜，吸收后套上棉袜睡觉；早起一张面膜，上妆方便神采奕奕一整天。

她笑着解释，在别人看不到的地方讲究，才是真正善待自己。

一次出差同居，她接完电话神色立刻变了，冷静里的惊慌——儿子在学校楼梯不小心摔了一跤。

于是，我才知道她有个10岁的儿子，5岁时因车祸右小腿截肢。孩子7岁时，篮球队队长和她离婚，带走现金留下房子，孩子现在跟着她和外公外婆一起生活。

我实在无法把如此厄运和一个明亮的人联系在一起。

那天晚上，我们聊了很多。从一个女生的大学时代，聊到初入职场，聊到爱情、婚姻、命运和意外。她说，孩子和离婚，是两重巨大打击。孩子出事的时候，身边至少还有他；他走了，心里真的空了。当时她也觉得，未来就这样凑合着过吧，还会有多少光明呢？健康孩子都未必有好前程，何况瘸腿的孩子？20岁的姑娘都未必幸福，何况35岁的女人？

那段时间，她老得特别快，白头发拔一根长一束，心里像打了麻药，无悲无喜无痛无泪。父母背着她商量多攒点钱，好给她留个后路。

她说的时候先笑起来了："30多岁的人靠两个快70岁的人攒钱，也太失败了。"她这才铆足力气挣扎着爬出"凑合"的人生，活成现在的样子。

当女人还是女孩的时候，不太明白自己的一生其实只是由几个关键环节组成——亲情、学业、职业、爱情、婚姻、子女、朋友、伙伴。那些貌似漫长的时光，都在为这些要素积聚能量。在不该凑合的事情上凑合，未来也就只能凑合了；在核心环节认㞞，人生也就真的认㞞了。

谁都有迷茫无措，甚至被生活的巴掌扇晕的时候。其实，你和困难在赌一口气，你的气势强过它，它就被你踩在脚下；你被它的气势压倒，想凑合了，就永远都被它踩在脚下，被它整得服服帖帖，直到成为面目模糊的中年人，最终变成目光浑浊的老年人，精气神被那些或许只是阶段性的挫败磨损殆尽。

"凑合"是件特别容易的事，尤其对女人，本来骨子里的果敢就不多；"凑合"更是一张温床，好像下雨天窝在家里，外面有风有雨有乌云，屋里温软可人，多好。可是风雨总会停，门外还有阳光、蓝天和广阔的世界，凑合惯了，你便怠惰得再也不想多行一步路，多看一片风景。

我们身边聚满老老少少的"凑合女生"，她们对职业凑合，永远当个好好小姐，做着马马虎虎的工作，十年八年也不过是熟练的新人，很难顺着螺旋形的阶梯走到梦想的岗位；她们对爱情凑合，找个不咸不淡的人结婚，生孩子，老了才发现最可怕的不是孤独终老，而是和让你感到孤独的人一起终老；她们对友情凑合，身边或许闹哄哄围了一圈人，真有心里话要紧事，却找不到可商量的贴心伙伴，身边都是似近实远的熟人，难有知情达意的朋友；她们对亲情凑合，懒洋洋寡淡淡，终有一天，子欲养而亲不在，心里的后悔在某个被欺负而无人诉苦的晚上蔓延……

无论男人还是女人，总要对自己人、自己事、自己物尽心尽力之后，才能体味得到满足、愉悦和收获。

凑合，实际上是个不断放低底线，容忍人生不停下滑与坠落的过程，你知道它的终点在哪里吗?

生命个体的生存目标各不相同，我对宁静致远淡泊明志的人一直心怀敬意，可他们绝对不是凑合着依靠不停降低要求生活，恰恰相反，他们对世俗的喧嚣与应酬坚决不苟同，这种活在热闹当下却保持内心安宁的难得态度，更需要毅力与勇气。千万不要误解“随遇而安”这个词语，它与“随波逐流”完全不是一个概念，前者是经历过繁花盛开看清看透之后澄明的豁达，后者却是在该努力的时候放弃、该跑步的时候漫步、惧怕直面现实时的逃避。

随遇而安是适应，随波逐流是妥协，也是为“凑合”找的一个还算好听的借口。

从一个较长时段来看，岁月像一条波浪线，起起伏伏，高高低低。高峰时期春风得意马蹄疾不难，难的是谷底时分依旧愿意抬头向上，努力仰望、攀爬、不凑合，在关键环节不放弃，永不错失站上高峰的机会。

好像我初入职场时遇到的那位“C姐姐”，即便在最黯淡的生活里，也始终保持着明媚的积极；即便在最有理由“凑合”的时候，也坚决不“凑合”。

欲达高峰，必忍其痛；欲予动容，必入其中；欲安思命，必避其凶；欲情难纵，必舍其空；欲心若怡，必展其宏；欲想成功，必有其梦；欲戴王冠，必承其重。

亲爱的姑娘，这是我特别喜欢的一句话，与你共勉。

# 不怕失去，才不会失去

爱情的真相是，他如果爱你，
你涮猪脑吃羊腰啃烤五花肉都合他的心意；
他如果不爱你，你没事儿就去巴黎喂鸽子也对不上他的脾气。

如果没有加入妈妈群，你或许永远不会知道世界上有那么多才艺傍身的女性。

她们会烘焙，做出的蛋糕足以毫不羞涩地站进五星级酒店甜品橱窗；她们会手工，剪的纸捏的黏土烧的陶器几乎能够申请世界非物质文化遗产；她们烹饪各种高精尖菜品，每一个都让你想到《舌尖上的中国》；她们有时间每天观看孩子做早操，不像你，匆匆把宝贝送进教室，在脸蛋上吻一下，便快步回身赶去上班；她们看起来优雅从容，永远装扮得体地站在校门口迎接孩子扑到怀里的那一刻。

和她们比起来，你简直不好意思承认自己也是妈妈。

你特别害怕周围人饶有深意地说“××妈妈很忙的”，言外之意是你没有尽到母亲陪伴孩子的责任，你没有拿出足够多的时间和精力照顾子女，你得不到“好妈妈”的小红花。

所以，当女儿问我“点点妈妈会做曲奇，你会吗”，我瞬间很紧张，我不会，但是我怕她失望，我怕她因为失望降低对我的信任和依赖。

我立刻上网把烘焙书和原材料放进购物车，在点击付款的时候却犹豫了——即便立刻学习，我也不可能短时间练出像样的手艺，依旧不值得她骄傲；而且她今后将接触各种各样的技能，手工、音乐、舞蹈、体育、写作、绘画……我不可能样样都是高手次次满足她的期待，是让她从现在开始接受我不是全能妈妈，还是一次又一次挑战她小而脆弱的自豪感？

母女，是陪伴一生的长久亲情，我用得着勉强自己做不擅长的事情来维系她对我的爱吗？我有必要掩藏自己的弱点、放大优势获取她的仰视吗？在漫长的陪伴中，我们难道不应该找到最舒适自然的相处模式，表现最真实坦然的自己吗？我接受她是个专注力极强却相对内向的孩子，不勉强她像小社交明星一样礼貌热络，她是否也可以接受我这样一个热爱自己的兴趣，生活中有无限乐趣，却做不出曲奇的妈妈呢？

我没有买烘焙材料。

我抱着她小小软软的身体，给她看我大学时代做的剪贴本，以及出版的两本书：“妈妈不会做曲奇，但是会讲故事，我们每天讲一个新故事好不好？”我编各种故事，跳过“儿语”直接教她用书面语精准表达观点，每个周末带她去学习喜欢的黏土课，设计不一样的主题活动，教她唱我小时候的歌。

逐渐地，她不再提曲奇，慢慢喜欢并且适应我们俩的相处模式。我也平和而舒展，不勉强自己承担超过我能力范畴的任务。甚至，当我听到“××妈妈很忙的”这句话也不再心虚气短，坦然接受，微笑回答：“确实很忙，但是一定尽力多抽时间陪宝宝。”

在“妈妈”这个领域，我不再拿自己的短处和其他人的长处比，比出一个特别窝心的结果；我接受自己的不足，也引导孩子接受我的不圆满，不再患得患失，惧怕失去她的仰视。

我意识到，包括亲情在内的很多情感都建立在真实自我的基础上，老老实实还原自己本来的面目，既不刻意表现优点，也不卖力掩饰缺点，更不为了讨好谁，或者延续某一种关系而去拗造型做自己原本不擅长的事，情分反倒长久而舒适。

那些问我“筱懿姐，我该不该变成他喜欢的样子”的姑娘，看到这儿，相信聪明的你们早已有了答案：生活是场马拉松，所有不舒适的姿势都坚持不了很久，犹如靠迁就和粉饰得来的感情，都跑不完全程。

情感世界里最基础的定律是：是你的就是你的，不是你的无法强求。即便无数爱情读本都在教导女人如何留住男人心，可是两个人最天然的吸引远胜一切技巧。他如果爱你，纵然你“十三点”，他也能从你脸上看出孩童般的天真和毫无矫饰的热情；他如果不爱你，你不求索取从不放弃，耐得住寂寞经得起诱惑，他的眼睛照样盯着对面妹子的大长腿。

越怕失去，越会失去。

不怕失去，才不会失去。

那些本来就留不住的东西，青春、美貌、新鲜的爱情，哪有一样是因为我们害怕就会常驻的？它们只会用更快速的消逝回应你抓得过紧的控制。

那些脖子上挂满奖牌的家伙，哪有一个是因为害怕失败而站上领奖台的？他们只会享受全情投入的喜悦和冲刺高峰的快感。

我爱了20年的梅丽尔·斯特里普说：“我不愿去取悦不喜欢我的人，或者去爱不爱我的人，或者对那些不想对我微笑的人微笑。”

我能想象她目光笃定表情骄傲地说这句话的样子，因为她根本不害怕失去——少几个不喜欢不接受你的人，那能叫“失去”吗？那叫清理门户。

有什么值得紧张的？

任何关系，莫不如此。

前段时间乐颠颠地陪一个超级有趣的姑娘相亲，对方是个处女座龟毛男，出了名地挑剔难搞，所谓的外在条件貌似也挺有资本坚持自我，介绍人磋商了几次，妹子坚决约在自己最喜欢的火锅店。

于是，4名衣冠楚楚的男女，围着花花绿绿的火锅围兜，坐在辣气袭人的包厢，头顶店家友情配送的护发帽，气氛诡异。

点菜，妹子熟络地招呼伙计：两副猪脑四个羊腰，再来十五串烤五花肉。我心想，完了，一世情缘尽毁于两副猪脑四个羊腰，两个璧人情绝于十五串烤五花肉。

没想到，对面一直端着绷着的处女座男立刻放松，龇出一口保养良好的白牙，笑了：你也好这口？

两人一拍即合。

爱情的真相是，他如果爱你，你涮猪脑吃羊腰啃烤五花肉都合他的心意；他如果不爱你，你没事儿就去巴黎喂鸽子也对不上他的脾气。

遇到谁都不气短，遇到谁都有收了他的勇气，遇到谁都是真实的自己，遇到谁都不害怕失去，这才是神采飞扬的日子。

生活如弹簧，你硬他就软，你软他就强。

Chapter 2

# “狠”出来的智慧

当你打算从平均值的列队里脱颖而出时，付出的必然是不听话的代价；

当你打算在某一个领域创造一点小小的牛掰时，一定会承受非议和质疑。

只是，Who cares?

# 我不是幸运，我只是敢争取自己应得的

什么是幸运?
幸运的人都很清楚自己的底牌究竟在哪儿，
只是别人看不见。

## 幸运，是另外一种实力

大家都说C是朋友中最幸运的女人——“幸运”是个包含复杂感情的词，一边带着赞叹和羡慕，另一边，也多少有点认为C实力不够意外胜出的腹诽。

尤其，C其貌不扬，惯性思维是：幸运是美女的专属。

但是，她的确发展平顺，从基础文员做到副总经理；嫁了被人羡慕的老公，高、帅，还富，曾经是C公司的客户，当年身边围绕众多女性，最终却选择了并不突出的C；她还有几个不错的朋友，提起名字就让人眼前一亮。

C的收获，看上去远远超越了她的实力和付出，所以人们议论她幸运的同时，还有一点窥探和好奇：这么好的运气，凭什么是她?

多年朋友，我特别明白C为什么幸运。

很多年前的一天，我去C办公室找她下班一起健身，赶上她老板也在等电梯，我远远地望着老板的背影，问她："要迟一点走，或者换走楼梯吗？和老板同梯是不是不太自在？"

C说："为什么不和老板一趟电梯呢？"

于是，我们俩拎着健身包和老板同时乘电梯到1楼。

C落落大方主动和老板攀谈，一点没有普通员工的拘谨和扭捏，甚至普及了几个健身知识，还顺便聊起附近几家味道不错的餐馆，透露其中一个是某重要客户的据点。临别，老板亲切地和我们道别。

只是，我没有想到，这个电梯里的老板后来成了C的贵人，给了她关键的提升机会。

很多人以为生命中的贵人是被隆重的仪式感安排好，站在聚光灯下深情等待。现实却是，他或许就在某个不起眼的角落，在某个不经意的时段，成年累月地观察和打量你，考虑成熟才会向你伸出点石成金的金手指。

所以，所谓幸运的人，都特别擅长把握稍纵即逝的机会。

C结婚前，我陪她去买婚鞋。我知道她嫁了个特别抢手的男人，开玩笑问她紧张不紧张。她没有流露出嫁给高帅富的亢奋，幸福但也平静地说：

爱他和对他好这件事，是我自己过得不错的同时，努力创造机会发生的，但是我并不把和他结婚作为人生终极目标，嫁不上就不能活。我有能力把自己安顿好，他也很清楚我们在一起会有更好的将来，是1+1>2，我们感情也合拍，生活也合拍，娶了我也是他的幸运啊。

什么是幸运？幸运的人很清楚自己的底牌在哪儿，只是别人看不见。

**才华和见识，是被逼出来的**

2000多年前有一个特别幸运的丑女，叫钟无盐。

她丑到什么程度？臼头深目，长指大节，肥项少发，皮肤如漆，声如夜枭，让人望而却步。年过四十，不仅嫁不出去，还流离失所。

40岁，古代当奶奶的年纪，史书的幽默或许在于，描绘一个丑得让人心惊胆战的女人，安慰其他女人：你看，她都能成，你凭什么成不了？

奇丑的无盐，只能靠出类拔萃的聪明脱颖而出。

她鼓足勇气，跑到齐国首都临淄求见齐宣王，要为国效力，齐宣王哈哈大笑，问她有什么本事，她一本正经地说：大王，您太危险了。

然后，无盐搞了一套行为艺术，抬眼四顾，咬牙切齿，挥手抚膝。大家愣住，问这是什么意思，无盐说："抬眼是看四方风云，秦兵不日必出函谷关；咬牙切齿是提醒大王不要阻断臣子劝谏的途径；挥手是劝说大王去除奸臣，抚膝是建议大王不要修建奢侈的建筑。不深谋远虑，齐国怎能强大？"

男人最欣赏帮助他事业的女人。女人最爱慕给了她爱情的男人。

齐宣王意识到无盐对他的辅佐，居然娶了著名的丑女，在她的建议下励精图治，任用田忌、孙膑等大将，使齐国成为实力最强的国家，临淄成为战国时期文化中心。

于是，无盐成了史书里最幸运的女子。

可是，透过历史的烟尘，你或许可以看到无数其貌不扬的普通女孩，看似没有雄心，却最肯花时间和精力埋头做事。

别的女人花枝招展谈恋爱，她不着急，专心苦学；别的女人结婚生子油盐酱醋，她不焦虑，继续苦钻；别的女人琢磨怎么吸引和锁定男人，她不被干扰，把用在男人身上的时间用在自己身上，才华和见识与日俱增。

幸运，有时是攒出来的。

才华和见识，有时是逼出来的。

积累到了一定程度，这些普通女孩爆发了。她们不仅赢得想要的生活，还赢得了理想的婚姻、友情和事业。可大多数人只看到她们瞬间闪耀的幸运，想不起背后的努力与坚持。

### 她们不随便妥协，然后赢了

很多资深女神，都是在相当高龄的时候，才有了大众眼中的好归宿。40岁的舒淇嫁给了好朋友冯德伦，刘若英45岁当上妈妈，还有那个嫁给了默多克的59岁美国超模杰莉·霍尔。

黄佟佟曾说：为什么那些被人视为“剩女”的好姑娘，最后嫁的都是男神？甚至生活里那些迟迟不嫁以至于让亲朋好友都觉得欠她们一个男朋友的女孩，为什么有不少都嫁了青年才俊？看上去是命好，其实是她们应得的，她们不像很多人那样随便妥协，而是敢于和命运博弈，最后赢了。

事业和爱情都一样。就像谁都想不到51岁的魔法教母J. K. 罗琳在写完“哈利·波特”系列之后能成为“有史以来最成功的儿童文学作家”，能从600英镑房租都付不起的租客，变成比英国女王还富有的女人。

所以，谁又是幸运的呢？

那些美好原本就属于你，区别在于：你是否敢于披荆斩棘，遇见神龙也不怕；你是否愿意眼观四方，撞了南墙及时回头；你是否能够知己知彼，明白自己的底线和优势；你是否可以耐住寂寞，远离不适合自己的流俗。

我始终记得，陪C选婚鞋的那天，她穿上鞋子站起来，微笑着说：“我不是幸运，我只是敢争取自己应得的。”

我觉得，她说的是真话。

敢争取自己应得的姑娘，活得都不会差。

# 聪明人都在用笨办法做事

不走所谓的捷径，

也从来不相信天上会掉馅饼，

他们的聪明，

不过是坚持不懈地、认真地做好必要的功夫，

直到有一天累积的功力可以一览众山小。

能够弹一手行云流水的钢琴，一直是我的梦想。

裙角在琴凳边蔓延，音乐在琴键旁流泻，美好得让人想微笑。于是，当钢琴速成班向我保证，可以让一点基础都没有的我半年内学会弹奏《欢乐颂》《致爱丽丝》《月光曲》《送别》等曲目之后，我毫不犹豫地刷卡报名。

果然，我只用了一个中午就学会了《欢乐颂》。

速成的捷径是指谱——给每个手指编上号，只要按照指谱上的标号按琴键，就可以弹出一首完整的曲子。不需要看五线谱学基础理论，抛开双音与和弦，没有哈农和车尔尼，更不用日复一日每天三五个小时坐在琴凳上苦练，我轻松愉快地学会了弹钢琴。

我简直乐不可支，这是条多么短的捷径啊！甚至在心底里微微瞧不上

身为钢琴老师的闺蜜了，迫切准备在她面前露一手。

我练了几天，踅到闺蜜家，志得意满地弹了《欢乐颂》。

她什么也没说，默默把我拉下来，重复弹了一遍刚才的曲子，每一个音符都是流畅、饱满而悠扬的。高低立现，我羞愧难当，她眨巴着眼睛揶揄道："其实钢琴吧，也就是个生活的调剂，会弹了就好。"

我立刻被她气笑了，抖出学琴的捷径，她听完很认真地说："弹琴还真没有捷径，就跟达·芬奇画鸡蛋似的，最短的捷径其实就是最笨的办法。"

我吃了很多年燕之坊的粗粮，根据季节不同搭配各类五谷禅食、八宝粉、固元膏。很偶然的机会，结识了品牌创始人燕姐，我开玩笑问她经营秘诀和产品秘方，她也笑："哪里有秘方？全国的固元膏和八宝粉不都是那些料？"

后来，我和她的市场总监成了闺蜜，闺蜜解释唯一的秘方就是农产品要选最好的原材料，所以，公司在安徽、山东、内蒙古、吉林、黑龙江、云南等23个省（市、自治区）建立了原料供给基地，基本实现了全部原料原产地采购。

闺蜜笑说，学了4年市场营销，4P、SWOT的书与案例看了不少，其实最基础的还是产品，离开好产品一切都是空中楼阁。所谓的秘方不过是用最好的原料生产性价比最高的产品，就像同仁堂的司训："品味虽贵必不敢减物力，炮制虽繁必不敢省人工。"

这个笨办法让公司成为粗粮行业的第一品牌。

罗永浩讲过一个故事：

有人介绍火车上找座位的经验——不是现在的动车高铁，而是那种老式火车，特别挤票还难买，他每次只能买到站票，但是每次却都能很快找到座位，方法是上车之后从第一节车厢的第一个座位开始问“下一站下车吗”，一直问下去，因为他相信整个车上至少有一个有座位的人下一站要下车，那就找到这个人等他的座位。

结果每次问不了几个车厢他就找到了座位。

有时候过分强调聪明的作用其实是有坏处的。首先，聪明总让我们想超越常规找出别人找不到的捷径，可是笨办法常常比捷径还要快；然后，聪明人虽然敏于思考却懒于行动，他们看不起那种挨个问过去的“笨”。

而所谓的笨，往往是一种认真踏实和坚持的态度，就像马尔科姆·格拉德韦尔的一万小时定律——天才之所以卓越非凡，并不是天资超人一等，而是付出了持续不断的努力，经历过一万小时的锤炼，正是这枯燥的一万小时，把平凡变成超凡，将普通化为卓越。

成为某个领域的专家需要一万小时，每天工作八个小时，一周工作五天，连续工作五年。

这些很多人都做不到。太多人不到一年就跳槽，三年已经自诩元老。和他们的老板相比，他们愿意投入在工作与兴趣上的精力屈指可数，对于未来的梦想和期待又特别巨大。

于是，聪明人比普通人更加容易失落。

聪明人活在外界的赞誉中，各种光环加持，各类追捧赞美，常不自觉地自负和傲慢，所以聪明人的成功，往往需要加倍的努力。不是天资不重要，而是心态与坚持太重要。低调、谦虚、持之以恒都是普通人的笨办法，这些办法太不起眼，很难获得赞誉，和聪明人必须荧光棒翻飞的理想人生太背离。

前几天，朋友带我去吃一家特别有名的涮羊肉。老板是当地餐饮界传奇，经营的私房菜馆、扒房、精致小吃无一不成功，这家涮肉店开业没多久便总是爆满，老板徇了情面我们才订到包厢。

羊肉入口，果然滋味不同。

我们照例讨要秘方，老板得意：“你们以为所有‘沸汤下羊肉片，变色捞出蘸料即食’都能叫涮羊肉吗？涮羊肉必须得老铜锅，锅身够高，炭膛够大，只能用炭火，不蔫不燥，火足烟小。羊肉只要内蒙古的两三岁大尾巴绵羊，取肉只取黄瓜条、大小三叉、上脑、磨档。切片儿讲究刀工，全仗着师傅手里活计，片出的羊肉薄如纸、韶若浆、齐似线、美如花，落在盘里要见得青花。”

老板脱口秀一般，最后伸出两根手指：“为了开这家店，光找羊肉我就花了两年。再尝尝大白菜，这是我们特意找人种的，只取菜心那几层，还有白菜酱料，也是店里师傅自制。有什么秘方呢？原料好味道才会好，我所有的店都这样，我吃了不满意的统统不许上桌子。”

这又是一个用笨办法做事的聪明人。

不走所谓的捷径，也从来不相信天上会掉馅饼，他们的聪明，不过是坚持不懈地、认真地做好必要的功夫，直到有一天累积的功力可以一览众山小。

# 野心不能成就你的，热爱可以

很多以野心为驱动力的成功学拥趸或许无法参透，
野心虽然是获胜的特效药，
热爱却是奇迹的出发点。

我曾经做过3年人力资源招聘，也见过一些简历和本尊，甚至因为两个人与老板争执过，为了便于区分就叫他们A和B吧。

A是应届毕业生，犹如当年刚毕业的你我，青涩稚气梦想高远，说起未来一脸天真满腹激情，我现在还记得他当年应聘时的样子——短袖白衬衫休闲裤，裤管下是一双大大的舒服的休闲鞋。我问他为什么要做营销咨询，他眼里奔腾过一阵兴奋："喜欢啊，这个专业越学越热爱！"

A是上午最后一个面试者，我送他下楼，前台等候区坐着一名清秀的长发女孩，一见他便高兴地迎上来，对我羞涩礼貌地微笑，两个人冲我挥挥手，手挽手有说有笑地离去，留下一对清爽的背影。

A的笔试成绩很高，缺点是没有工作经验，而营销咨询相当于客户的培训师，没有几个经验丰富的客户愿意听一个初出茅庐的大男孩瞎掰扯，而且当时我们只有一个岗位空缺，于是老板多方邀请约来了B。

对于B，面试更像走过场，8年500强企业工作经验，西服合宜，袜子与一尘不染的皮鞋保持同色，手臂垂直时衬衫完美地露出西装袖口1厘米，他时常反客为主地提问，展示流利的演讲与出色的口才。的确，他逻辑缜密，语言得体，具备良好的职场基本功。

不过，他的笔试成绩并不高，8年里跳过3次槽。

老板很满意，认为他是能够折服客户的项目经理储备人选。我劝老板再考虑一下，背景调研时，B曾经的同事、上司对他评价谨慎，认为他能力很强，不缺乏搞定工作升职加薪的野心，只是，无论从别人的评价还是自己亲身的感受中，我都察觉不到B发自内心的对工作与伙伴的热情和友善——就好像很多礼貌周到的人，他们的客气仅仅是为了展示良好的教养，而不是发自内心的尊重。后来很多次加班中，B让自己美丽的女朋友无辜地等待4个小时以上，这实在无法让我认同——体谅的男人，会合理安排工作，绝不会无视钟爱的女人的时间成本。

出于项目运作考虑，老板依旧以不菲的薪水请来了B，同时采纳了我的意见，录用了A这样成长性很强的应届生。

当一切专业、技巧与方法都无从优化选择的时候，直觉往往起了关键作用，我的直觉是：A目标清晰，为了热爱的事业可以付出巨大努力；B目的明确，为了得偿如愿，可以不惜一切代价。

而职场中，野心与自制成反比的人，或者过于炫技而忽略本真初衷的人，非常可怕。

很多决定的影响，往往要放到较长的时间段里综合考量，尤其，工作与生活原本就是场马拉松。

我曾经问过一位跑马拉松的朋友，怎样坚持跑过42.195千米的距离，他睁大眼睛看看我："为什么用'坚持'这个词，而不是'热爱'？ 跑步是禅，是安静的思索和修炼，是场独自旅行，绝不是凭借毅力和勇气甚至到达终点的野心维持，而是发自内心的热爱。"

这个热爱马拉松的人，在自己厦门、合肥、郑州寸土寸金的城市综合体中，做了个最亏本的买卖——每个商业中心最好的位置都留给了书店，"纸的时代"书店几乎占据了他每个商业中心5000平方米的黄金位置，儿童图书区有滑梯般的座椅和海盗船似的游戏空间，女性图书区有便于自拍的精巧景观设计，文学区有方便交流的课桌，哲学思想区有供安静冥想的藤椅，甚至每一本书都以网络折扣销售。

除了热爱，没有任何一种野心，可以如此长久地做到虔诚和呆萌。

我回忆做财经记者的日子里采访过的行业先行者，听到最多的词，真的不是"企图心"，而是能让脸上瞬间光彩焕发眉飞色舞的对工作由衷的喜欢和投入。这种感情动力支持他们做了很多匪夷所思的事，比如坚持15年每天早晨4：30起床，貌似孤注一掷地离开成熟行业投入新的领域，给出天文数字般的股权馈赠，不可想象的阅读量和记忆力。

投注真情实意之后，对于事业和生活的理解，便不再是庞大的产业、账户上的数字、奢华的居所、头等舱机票，而是听从内心的声音。

很多以野心为驱动力的成功学拥趸或许无法参透，野心虽然是获胜的特效药，热爱却是奇迹的出发点。

事业、生活、爱情、婚姻、友谊，莫不如此。

只是，我们在很多方面倾注了过多的野心，却遗忘了原本的热爱。

比如，我们在社交场合觥筹交错，为了特定的目的结识某位关键人物。一旦目的达成，这个人往往也从生活中消失，长久傍身的，还是那些三观一致多年积累的真心朋友。

我们或许为了面子和虚荣追求过当年的校花校草多金男白富美，却没有问过自己的真心，条件的匹配真的大于心灵的共通吗？爱情中掺杂了太多的企图，便很难感受纯粹的幸福。

我们也会为了高薪和发展去做一份谈不上多喜欢的工作，朝九晚五填满日子，到手可以养家的酬劳，却在日复一日的敷衍中与梦想和激情渐行渐远。

我们还会在婚姻里不停攀比，有了房子想要大房子，有了车子想要好车子，却忽视了自己追求的到底是幸福的真相，还是比别人幸福的野心。

3年后，B离职了，走时处心积虑带走不少重要资料，成立了一家同样的公司。我经常在各种EMBA课程班、行业交流会上看到他的名字，他的公司始终不温不火，客户提到他常常微笑着说：企图心不小。

他身边的长腿漂亮姑娘虽然经常换，却都是一个款型，像黄金单身汉的标配，很难维持一段稳定的恋爱关系。

A在公司工作了7年，从项目专员做到项目经理、项目部负责人，业余时间考了MBA。离职后他自己创业，很快在新的行业闯出一片天地，现在是两个孩子的父亲，太太是当年在前台等他的那个姑娘。

我还记得当年他说“喜欢啊”的样子，以及手牵手一起离开的背影。

野心太大的人，往往起步的时候心就输了。

那些野心成就不了你的，热爱却可以。

# 年少得志的红与黑

一个在盛名下失败的青年，

他的错处或许不过在于成名太早、太年轻。

1830年，法国批判现实主义作家司汤达写了一本名叫《红与黑》的书，从人性最基本的层面，讲了个故事。

故事的主角是年轻英俊、意志坚强、精明能干的年轻人于连。和平凡的你我最大的不同是，这个面容清俊意志刚强的青年梦想家，最大的愿望是出人头地做精英分子，成为上流社会的一员——凭借自己无所不用其极的奋斗。

于是，每当他站在法国与瑞士接壤的维立叶尔城，望着美丽的杜伯河绕城而过时，胸腔里便激荡起拿破仑一样征服世界的壮志。

壮志的底气是努力，对于没有含着金汤匙出生的大多数人，勤奋是连接希望和现实的重要路径。于连总是能准确地判断对周遭人应有的态度，对谁是必须谦卑的，对谁是需要表现出几分傲骨的——当然不是真正的傲骨，骄傲不过是一袭金灿灿的袍子，不能轻易脱下，除非遇到那个愿意出好价的人。

甚至，他靠着惊人的好记性流利背下了整本拉丁文《圣经》。在任何场合，他都能够旁征博引出一段精妙的言论。语言的功用可不仅仅在于应付神学院的考试，它也是实现梦想的捷径，就好像现在学英语能够脱口秀出全套莎士比亚是件非常牛的事，或者标准的英式与美式英语代表某个人的国际范儿一样。

他冒着被抓包和声名狼藉的风险与市长的太太谈恋爱，他不是没有后怕过，只是收获和风险犹如一对孪生姐妹，危险越巨收获越丰。全市最美丽最有权势的女人，给了他青睐、支持和提携，他踩着她的裙裾，迈出走向上流社会的第一步。

而机会，永远属于有准备的人。

他沿着苦心铺筑的路，成为真正的大贵族拉木尔侯爵的秘书。确实，再努力的人也要站队，也要表明态度和立场，不然谁给你机会？他的好记性、冒险家精神和灵活的头脑再次派上用场。在一场只有政府首相、红衣主教、将军出席的秘密会议上，他毫无疑问是最合格的书记员与传声筒，他把会议内容一字不落记在心里，包括每一个小小的细节，冒着掉脑袋的危险成功带到国外。

他成了权力阶层的功臣。

王子和主教都跟他做朋友，拍着他的肩膀与他称兄道弟，一个如此聪明勤奋充满正能量的青年，明日之星一样冉冉升起，谁会不愿意结交呢？

看起来他什么都有了，唯独欠缺一份锦上添花的爱情。

爱情是青年梦想家改变命运的又一张王牌，也是他们从一个阶级跳跃到另一个阶级最便捷的助力器。他布置了一张缜密的爱情罗网，犹如精算他的职场之路一样用心，于是，他顺利地成为自己的恩主——拉木尔侯爵的准女婿，获得了肥沃的田产和骠骑兵中尉的委任状，并且被授予贵族称号。

此时，全世界都在他的眼前逐渐铺展。

少年得志是件美事，连100年后的中国作家张爱玲都说“成名要趁早”。年轻的盛名好像鲜花着锦烈火烹油，与热烈的青春交相辉映，谱奏出人生最志得意满的狂想曲。

可是，命运好像黄粱美梦一般对他开了个玩笑。

总有人不那么热衷看到普通青年过上好日子，普通青年得志后，也难免轻浮自满，招人厌恨。他的前情人市长夫人给拉木尔侯爵写了封举报信，他在无限接近权力核心之时，却被几张薄薄的纸打回原点。

愤怒而幻灭的青年买了手枪，跳上前往维立叶尔的马车，向正在教堂祷告的市长夫人连开两枪。

于是，一切都完了。

抛却时代、阶级的大帽子，司汤达描述了一个关于青年野心家成功与失败的寓言，每个年代都有很多这样的人。

而我之所以想起这个故事，是因为好友告诉我，当年我所就读的高中最耀眼的学长、全校的明星、老师和家长的骄傲、30岁不到便身居要职的青年才俊，因为经济问题锒铛入狱，意外中断了一片大好前途。

他的倒霉引发了一边倒的舆论，起底他最刻薄的，大多是曾经亲密的同学、同事和同行，他的每一个细节都被拿来放大成不可饶恕的错误，他的入狱被讥笑为处心积虑后的报应。

每个人都在演绎自己的人生脚本。

完美剧本里，一个年少得志的青年，最好谦逊、礼貌、周到、尊老爱幼，成长为国家栋梁、全民偶像，这才符合主流社会的价值观和期冀。假如没有遵循这样的路径，人们会在心里为他另外写一套剧本：年少猖狂，重重摔倒，前有因，后有果……种种语重心长的议论和关切，多少都掺杂了点“你也有今天”式的快感。

但是，几乎每个时代的年轻人都不这么看，他们更欣赏才华、出位和个性，需要另一种偶像承载青春荷尔蒙的释放。于是，精致的利己主义者往往成为青年的偶像，只是青年从来掌握不了社会的话语权，最多代表某种趋势而已。

对于年少得志的人，成名太早最可怕的地方，是自以为掌握了世界，谁知是被世界掌握了灵魂。他们高估了自己，小瞧了别人，走一些明眼人看得出路数的捷径，做一些自以为聪明的选择，在花团锦簇里认为自己是世界上最棒的，其实依旧是个随时可能摔倒的边缘人。

要想让灵魂不被世界拿走，确实要老成点，有阅历才能hold住。没有领略过名利场的虚情假意，就会有太多不切实际的幻想，一朝跌下，摔得太重。

美国最著名的脱口秀主持人，采访过自尼克松以来所有美国总统、结了8次婚的Larry King，口才了得，和任何人都能聊得起劲，他做访谈节目的特点却是直接、有人情味与随机性，即便提问一针见血，也绝不咄咄逼人，反而温文尔雅，注重受访者的感受。

Larry King曾经感伤地说起自己人生的遗憾，那就是或许没法亲眼看到两名幼子上大学。说这话时，他年过古稀，两个孩子不过10岁左右。

真正走到巅峰的人，心怀的从来不是大道理，而是朴素的小事情。这些岁月淬炼出来的人精，稳扎稳打，不再说过头话，也不再做张狂事，他们早已从“红杏枝头春意闹”的得意，过渡到了“陌上花开缓缓归”的淡定，从而分得清繁荣和虚假繁荣。

而一个在盛名下失败的青年，他的错处或许不过在于成名太早、太年轻。

# 太听话的姑娘不会太牛掰

长辈的意见往往带有温暖的私心，
和每一代人必然存在的审美局限。

大概从我上小学开始，就被爸爸反复叮嘱：你心脏不好，心跳有二级以上杂音，不要参加过于剧烈的运动，不要到处乱跑。

所以，从小学到初中，我一直是个很安静的孩子，自动屏蔽所有校园运动会，体育课遇到跑跑跳跳稍微活跃点的项目，就举手向老师请假，重复一遍“二级以上杂音”，在老师同情的目光中老老实实站在一边，看同学们玩玩闹闹。

我生活在一个特别宁静的氛围中，最大的爱好是看书、听音乐、散步与思考，发型也是齐刘海的学生头，成绩不错，非常文静，像个好学生的标本。

我过了8年好学生生活，转眼到了中考，由于发挥不理想，文化课成绩可能达不到最好的高中录取分数线，即便达标也很勉强。从我那一届开始，当地中考加试4个体育项目，成绩与文化课一起合成总的录取分数。

于是，我最大的补救，就是在立定跳远、800米跑、50米跑、铅球4个总分20分的项目中。只有拿到16分，也就是优秀的成绩，才能稳妥地超越重点高中预估分数线。

可是，我心脏一直有“二级以上杂音”啊。

我当时就哭了，这根本不可能，一个平时心脏不好、不大上体育课的女孩，几天工夫要拿到A级体育成绩，听着不像神话，更像笑话。

父母撇下我关上房门窃窃私语。

门打开之后，爸爸对我说：“其实你心脏没大毛病，小时候有点杂音，我和你妈妈每年都带你去医院检查，早就好了。但是，我们觉得女孩乖点文静点挺好的，不要活猴子似的上蹿下跳，一直没告诉你。所以你千万别有心理压力，你跟其他孩子一样，身体素质很好，这两天我陪你突击练习。”

我当时的感觉，大概像大力水手吃了菠菜，热力噌噌直冲脑门，对这场决定我求学命运的考试摩拳擦掌跃跃欲试，都没来得及追究父母为什么瞒了我那么久。

中考体育成绩公布，我立定跳远1米8，铅球6米8，800米跑3分32秒，50米跑8秒9，总分20分得了18分，顺利超越当地一中的录取分数线。当年，文化课表现优异的学生往往标配了特别厚的眼镜，以及特别烂的体育成绩，我绝地反击了。

我的体育老师走到我爸面前拍拍他：“你女儿心脏好得能参加铁人五项。”

我爸羞愤难当。

我开始了与从前完全不同的高中生活。

我在体育课上热力四射，每年参加学校运动会，甚至成为入场仪式上举校牌的健康姑娘，在100米和400米接力、800米单项中表现优秀。

我察觉自己其实是一个蛮善于奔跑的女生，我爱上那种风在耳边轻轻呼啸、风光在眼前移步换景的酣畅，从羞涩安静的女孩变成热情阳光的姑娘，我发现了一个特别新鲜的自己。

甚至，我开始重新打量乖乖女这个角色，不再对父母的决定言听计从，我明白长辈的意见往往带有温暖的私心和每一代人必然存在的审美局限。

如果人的一生可以设定程序，大多数姑娘在出生的时候恐怕都会被妈妈设定成与她差不多的人生：克隆的生活，类似的爱情，相近的婚姻，相似的儿女，甚至在什么时间段遇见什么人都预设好，为什么？安全啊。

对大多数女子而言，生活的价值不在于探索，而在于安安稳稳走完人生路。

安宁的小确幸，绝对是幸福的一种。可是，假如你的梦想是探索，或者超越父辈生活，成为一个与众不同甚至有点小牛掰的人，就一定不能给自己预设轨迹，一定不能太听过来人的话。想想同学会上那些特别精彩和提气儿的人，有多少是乖乖女和乖乖仔呢？

如果听了家里的安排，波伏娃很可能成为一个典型的中产阶级主妇，像她妈妈一样遭遇中年危机，赶上老公外遇，再把所有的怨愤都倾泻给孩子，而不再有机会成为巴黎高中教师招聘会考的第二名——第一名是她后来的伴侣萨特。

如果按照长辈的轨迹生活，乔治·桑应该在偌大的庄园里默默成长，嫁给和她爸爸差不多的另一个男爵，过着平顺的日子。而法国将不再有第一个穿长靴马裤、出没文学沙龙、自己养活自己的异彩女作家。

如果听从父母安排的相亲嫁人，费雯·丽或许还是著名律师霍夫曼的漂亮老婆，不会在亚特兰大熊熊的烈火中闪耀郝思嘉的绿色猫眼，登上奥斯卡领奖台。

甚至，刘德华还叫刘福荣，周润发还叫“细狗”，都是香港热闹繁华狭窄扑朔的街道上两鬓微白的中年人。

她们和他们，走上了一条与当初父母设想完全不同的道路，未必是坦途，却用自己的方式独立思考未来，充满惊喜和进步，活出了另一片天地。

冯仑说，人们常提的二八法则，就是80%的社会资源被20%的人掌握，但通常实际情况比这个法则严酷得多。真正占有绝大部分资源，能够站在金字塔尖上得到自由选择权的人，很可能只占社会人口的相当小一部分，约等于5%。

所以，他在自己女儿13岁的时候告诉她：一个人，无论男女，都面临着两种人生选择——95%的人是在等待未来，为了跟随和适应设定好的社会秩序，完成社会繁衍任务，过自己的小日子；还有5%的人则选择挑战，创造自己的未来，掌握自己的命运。

只是，挑战、创造、不听话的过程异常艰辛，在一个人脱离95%之前，会像流星穿过大气层时那样剧烈燃烧；而一旦穿过阻碍进入5%的人群，眼前便豁然开朗，会觉得：哎呀，都说我折腾，原来还有比我更折腾的呢！

所以，亲爱的姑娘，你担心什么呢？

谁规定25岁前要把自己嫁掉？谁说30岁不当妈妈就太老？谁强迫你必须做到中层甚至女高管？谁规定你不可以在事业如日中天的时候辞职去学习爱好已久的课程？谁要求你不能以自己喜欢的方式生活？

当你打算从平均值的列队里脱颖而出时，付出的必然是不听话的代价；当你打算在某一个领域创造一点小小的牛掰时，一定会承受非议和质疑。

只是，Who cares?

# 那些没有被孩子毁掉的文艺女青年

摧毁一个矫情女青年，so easy。

那不是孩子，而是永远湿漉漉的少女心，

和注定斗不过的岁月。

据说，要一个文艺女青年还俗成大妈，就让她生一个孩子吧。

从前，我看琼瑶剧时特别留心演职人员名单，比如《烟锁重楼》：出品人琼瑶、平鑫涛，制作人何琇琼，策划陈中维。

这是一个怎样的班底？平鑫涛是琼瑶的第二任丈夫，陈中维是她与前夫唯一的儿子，何琇琼是她的儿媳妇，也是琼瑶艺人经纪公司总经理，早年就担任《一剪梅》的副导演。

看似不食人间烟火的文艺女青年鼻祖琼瑶不仅没有被孩子毁成大妈，还在41岁带着19岁的儿子嫁给皇冠出版社创始人平鑫涛——他的发妻是著名画家林婉珍；然后，把家庭组织成一支团队，儿子媳妇齐上阵，在影视圈成为召之即来、来之能战、战之能胜的家庭军团。可见文艺女青年、言情女作家绝对生得起孩子。

民国男文人的女神林徽因儿女双全，被她送过醋的冰心是三个孩子的妈，杨绛先生的《我们仨》也多少有点秀娃秀恩爱的痕迹，写的都是絮絮叨叨的琐事，可是依旧动人。

她们都没有被孩子毁掉。

如果真要举例，名单挺长。

文艺女青年被误读很久，似乎读过村上春树，爱听小野丽莎，看过法国先锋电影，在古镇的青石板路上晃荡过几回，在氤氲的光线中披着直长发照过几张朦胧的照片，能写几行字或者几首歌，能酝酿一些莫名的忧郁，就是文艺女青年。

实际上，那不是，那是矫情女青年，海量矫情女青年硬把“文艺女青年”这个中性词变成了略带揶揄的贬义词。

真正的文艺女青年，会因文艺而更丰富，更聪明，更豁达，更懂事。“文艺”不是她与现实割裂的刀片，而是她在或许有点硬冷倔的世界里自我取暖的慰藉。她没有那么容易被什么东西毁掉。

而摧毁一个矫情女青年，so easy。那不是孩子，而是永远湿漉漉的少女心，和注定斗不过的岁月。

她们接受的生活是永远跷着腿喝咖啡读小说的闲散，当时光要求她们担当一名成熟女性应该承担的责任，比如上孝父母、中慰伴侣、下抚儿女，接受琐碎平庸的日常，接受憔悴与衰老的必然，她们立刻抓狂了。她们有着特别强的想象力，特别差的执行力，令人发指的自恋指数，以及弱爆了的吸金能力。

所以，毁掉她们根本不需要孩子，一段无疾而终的恋情，一个绝尘而去的男人，一份搞不定的工作，一场意外的疾病，都足以把她们从光鲜亮丽的表象甩回清冷无常的现实。

我欣赏这么一类女人：当生活需要她们付出代价的时候，哪怕是非常高昂的成本，也不皱眉头，不缩头不叹气不纠结不算计，坦然支付。她们清楚有些事情的成本非常高昂，就像清楚青春和多情不会永驻，她们有能力维持想要的生活，她们豁达和自如的资本是：

首先，足够自立；其次，足够有钱；最后，足够自知。

不是有一份工作就叫自立，而是心理状态hold得住自己选择的生活，它保证你在任何状况下都不会被什么事情打垮，确保你能把生活发过来的任何一张牌——即便是糟糕到你不想要的牌都能平稳地打出去。一个自立的女人才会有稳定的情绪，不会给自己和周边带来骚乱和波动，自己铺的摊子，即便砸了，也能收拾得起。

有钱不是让你成富姐，而是你的收入支撑得起你的愿望。

一个女人，总是买不起自己想要的东西——或者这样说吧，她想要的东西总是超过她的购买能力，是件有点可悲的事情，这说明她对自己没有正确的估值，到了该清醒的时候依旧很迷糊。

假如月入4000元且没有嫁到多金老公的文艺女青年坚持用月薪8000元的月嫂，拒绝母乳喂养，顿顿燕窝，那就真是矫情女青年了。男人愿意为青春少女的作（zuō）买单，可不愿意为孩子妈的不懂事付账。

假如这时你掏不出自己的钱包创造一个令人满意的清静的舒适的氛围，也没什么资格抱怨生活的残忍。日子就是这样，不是你收拾它，就是被它收拾。

真正的熟女，都有自知之明，她们熟的是心智不是脸，表情依旧纯粹，内心却拎得清楚。外表苍老，内心童真，不能应对生活的改变，确实是件麻烦事。

所以，被热捧的育儿文章一定不是满肚子抱怨，而是面对突然被改变的人生，自己的各种感触与应答。

靠谱的文艺女青年绝不会花3个小时在网上找可以安抚婴儿的玩具，或者在海淘网站订购某款据说能促进大脑发育的鱼肝油，她会把这些精力和时间用来寻求援手，这个援手可能是利落能干的保姆，也可能是即便偶有口角也知冷知热的家人。

她知道在新妈妈这个特殊的阶段需要放弃什么，能够获得什么，她没有那么多元气去关注生活的枝丫，她明白人生的主线在哪儿。孩子，一定会牵扯若干年精力，却也让她有了再世为人的体悟。

1941年，林徽因在李庄逃着难，生着肺结核，喂着鸡，带着两个孩子，缝着衣服，虽然缝缝补补对她来说，“比写一整章关于宋、辽、金的建筑变迁，或者描绘宋朝都城还要费劲得多”。

她还在包猪肉和咸菜的纸上给美国的好友费慰梅写信，与自己脾气暴躁的妈妈时时争吵，她的三弟林恒原本就读于清华大学工程系，投笔从戎后在空军航校全级100多个学员中成绩名列第二，却在抗战中被击中头部牺牲。

她写了《哭三弟恒》：

> 要相信我的心多苦，喉咙多哑，
> 你永不会回来了，我知道，
> 青年的热血做了科学的代替；
> 中国的悲怆永沉在我心底。

这是典型文艺女青年的笔调，与她在稀薄的现实中共生。

既有四月芳菲，也有深秋零落，才是生活的常态。

真正强大的人，不会被什么东西轻易摧毁，何况孩子。

我喜欢那些没有被孩子毁掉的、不矫情的文艺女青年。

# 成熟的姑娘更懂得示弱

强大是一种后天的本领，

示弱却是先天的本能，

千万不要练就一身本领，却忘记上天赐予的本能。

我的女朋友当中，有些虽然比我年纪小，却秉承着尊老爱幼的优良传统，对我照顾有加，比如C这个“85后”。

每次约我吃饭，她总是特别贴心地选在距离我家或者报社比较近的餐馆，没几次就记住我的口味和爱吃的菜，所以和她吃饭是件开心事。她开车过来接我，快到的时候，便打电话：“筱懿姐，我还有10分钟就到了，你可以打扮好准备下楼啦。”

于是，我便拿着包从容地等电梯。时间恰如她的预料，10分钟，我迈出电梯就能看见她的车妥妥停在门前，心里就像她的微笑一样温暖。

日子久了，我总觉得自己这个姐姐应该多照顾她，也去她办公室接过几次。

看得出来，工作中，她是当仁不让的排头兵，事项清单表格做得无微不至，遇上客户招待会之类大型公关活动，她会把负责引领上厕所的人都分工到位。她好像百事通，部门里大大小小的工作都熟稔于心；她又像114或者问询台，似乎没有她不知道不了解的；她还像神仙妹妹，几乎没有事情她完不成或者做不到。

她理所当然成了同事的精神领袖和领导的左膀右臂，不过，更加理所当然地，她承担了这个部门绝大多数工作，所有人都觉得让一个劳模多做点是人尽其用。而她几乎从来不喊累，即便超负荷，也会咬牙先应承，再加班加点完成，所以她更加被倚重。绝少有人知道她也会心慌失眠茫然无措，更绝少有人顾惜体谅她比别人多一倍的工作量。

我见过她男朋友，在她的懂事映衬下，他像个长不大的男孩子。

两个人出门，检查钱包钥匙的一定是她；刮风下雨，担心门窗没关的也是她；亲友交际人情往来里唱主角的是她；甚至车胎爆了，她也比他早半拍开车门下车。

在她无微不至的体贴中，他是个存在感微弱的男人。

可是，这样稀薄的男人却离开了她。虽然他被她照顾得那么好，虽然她那么成熟善良懂事，他还是跟公司的前台在一起了——前台喜欢自拍，照片里永远45度仰角、锥子脸、美瞳假睫毛，据说特别嗲，柔弱到连矿泉水瓶都要交给她的前男友开，然后说一句“离开你我可怎么办呀”。

我猜想，这个男孩可能没有纠结多久，就选择了那个离开他不知怎么办的女孩，放弃了眼前永远知道方向的茁壮顽强的好姑娘。

这是我头一回看见好姑娘C哭了。我心疼得发酸，想到《海的女儿》里那个从来不叫苦、不喊疼、死心塌地爱着王子、傻得让人切齿的小美人鱼。

我从来没有把安徒生的故事作为童话看。他超越其他童话作家的伟大之处在于，这些貌似虚构的故事用柔和的方式揭露了世界上很多尖锐的真相。他没有特别为孩子打造一个光明的结局，而是给出貌似明亮却意味深长的结尾，比如《丑小鸭》《卖火柴的小女孩》，尤其是这部《海的女儿》。

小美人鱼具备一切好姑娘的品质，美丽痴情，善良懂事，放弃了显赫的家庭、动人的声音和长发，每天忍耐走在刀尖上的疼痛与灼烧，只为陪伴在王子身边。可是最后，王子却娶了邻国的公主，小美人鱼放弃回到大海的最后机会，化作泡沫无声无息地消逝——果然是好女孩上天堂。

少女时代我特别气愤王子的愚钝，后来却觉得实在怪不上王子。他一直蒙在鼓里，什么真相都不知道啊：他不知道在风雨交加的夜晚是小美人鱼把他托出阴冷的海面，放在阳光照耀的海滩；他不知道她每天为他跳舞都要忍受火烧般的痛苦，她只在半夜偷偷溜出去把脚泡在冰冷的海水里；他不知道她是海王的女儿，比邻国公主更显赫，以为她只是个无依无靠的孤女……

信息这么不对称，王子当然心安理得地娶了别人。

如此弱小的小人鱼却从不示弱，她默默承担着原本无须她担负的痛苦，就像在我面前流泪的C。哭给我看有什么用？应该在那个人面前哭啊。

只是，成熟善良懂事的好姑娘很少在人前啜泣和示弱。她们被灌输了太多自立自强的概念，常常忘记自己也不过是茫茫世界中再普通不过的小女子，搞不定、担不起、付不出的事情太多。她们把硬撑理解成坚强，硬撑着微笑，硬撑着努力，硬撑着阳光。她们几乎从不把自己的无助、弱小、担心、恐惧告诉别人，尤其是那些实际上更强大的人。

于是，坚强的好姑娘就像“暖男”一样总是被发“好人牌”，经常成为备胎，总在危难时才被人想起，排排坐吃果果的时候她们几乎是没有份的，大家总是问心无愧地想：那样的好人和强人，什么事情自己解决不了？

谁会想到，她们把头高高昂起来，只是不希望眼泪往下掉。

可是，坚强的好姑娘，意味着什么？

意味着你将付出更多的努力，得到更少的关爱，因为所有人都认为你不需要，时间久了，你也觉得自己不再需要。人性的不公是，原来你不需要我的照顾，那我照顾别人好了，多余的精力和爱心总要找个地方安放，不放你这儿，就放别人那儿吧。

谁让你这么倔强刚毅呢？谁让你这么不示弱呢？

按照这个逻辑，你可以接受一切坏结果和所有不可能的任务。

强大是一种后天的本领，示弱却是先天的本能，千万不要练就一身本领，却忘记上天赐予的本能。

恰到好处的示弱，会卸掉那些本不该你承担的重负，得到你应该得到的关爱，腾出更多时间，从忙碌中抽身，从沉重中减负。你要相信，更强大的人一定比你办法更多，就好像《海的女儿》中的王子，假如他知道真相，结局可能不需要一个好姑娘变成泡沫。

过分坚强，过分成熟善良懂事，就好像过分的柔弱一样，也是一种毛病。

愈往后，你会愈加发现，成熟的姑娘更懂得示弱，就像成熟的稻谷都懂得弯腰。

C的新男友对她很好，只是，她现在再也不急着开车门跳下去换车胎了。

# Z 罩杯人生

在A罩杯的心气中，永远关注细枝末节，

被鸡零狗碎的繁杂事搅和得胸闷；

而在Z罩杯的心胸里，大事就那么几件，

最大的事就是善待自己——自己好，周围的一切才会好。

当F还是个A罩杯姑娘的时候——我说的不是胸，是心胸——时常为各种小事纠结。

她很在意别人说她“好”不“好”，让别人觉得她“好”，是生活的重要目标。

因此，她特别勤勉懂事。

比如，第一个到办公室，洒水扫地抹桌子，对每一个人露出8颗牙的微笑；每次出差都计算好有多少人要带伴手礼；几乎从不拒绝来自办公室的要求——无论是帮别人下楼带杯咖啡，还是修改没有完成的工作报告，并且，在同事的生日送上亲笔祝词和签名的贺卡。

比如，爱上一个人，就特别顾念对方的情绪，愿意跑八里地买他爱吃的馄饨；他生病就四五个小时地陪在医院照顾他吊水——流速推到最慢，怕他不舒服；每个周末计划去哪里看电影、展览或者吃顿双人晚餐；提前很久为他准备生日礼物；每天早晨爬起来做早餐。

比如，宝宝8个月没长牙她就急得团团转，四处求医问药；为爱看谍战剧和韩剧的婆婆下载老长老长的电视剧；逢年过节准备好各位亲朋好友的答谢；结交从交警到医院各类用得着的人脉，便于在某个亲友突发急症的晚上顺利找到任何一个科室的大夫。

终于有一天，她累得像只运动量过大的麻雀，跌在地上飞不动。

我很心疼。

为了表达我的心疼，我请她吃了顿让我肉疼的大餐。吃完，附赠全套手部护理，以及一个法式指甲，并且在心里为自己伟大的友情写了封表扬信——恩格斯对马克思也不过就这样了吧。

涂指甲油的时候我问她："你干吗把自己累成那样？"

她翻翻眼："你以为好女人轻松？咱这是拿A罩杯的胸怀装Z罩杯的糟心事，用生命去装B啊！"

在中国，做一个好女人的成本特别高。千万别掰扯鸡汤，说那些自立自强的论调，中国好女人难当是无法否认的事实。

在那篇有幸为我带来200万点击3000万转发的文章《婚姻里，你孤独吗》里面，我写道：社会对女人的评价是360度全方位的，好女人必须要担得起好女儿、好妻子、好媳妇、好妈妈诸多名号，缺一则不完美，而为这些名号付出的努力却自动在社会评价体系中归零。

是的，很多女人，没结婚的，一边挣钱养自己，一边担心钱太少被人抛弃，钱太多遭人嫌弃，不留神成了女强人简直人神共愤；结了婚的，有的在苦带奶水娃，有的在吐槽婆婆，有的在勇斗小三，有的在灰着脸混职场，还有逗比的四项全能，忙得很少在镜子里仔细端详一把自己；离了婚的，着急找下一个，忙着把自己快递进曾经让她身心俱疲的婚姻。

太多女人明明只有A罩杯的小小心灵空间，却塞了只有Z罩杯才能承载的劳碌和心事，在被社会苛责的同时，还被鸡汤指手画脚：原来是我不够好才不幸福？原来是我身材走样老公才拈花惹草？原来是我不够豁达婆婆才没拿我当闺女？原来是我基因有问题孩子才不是神童？原来是我情商低才没升职？

太自省和太自觉的好女人大多没有太好的结局，不是王宝钏那样的过劳死，就是秦香莲一样的黄连命。

我们的生活里，热心观众太多，真正和你有关的人却不多。所谓的"好"与"不好"，不过是他人嘴皮子上下一动，蹦出一两个貌似重要的字，却需要你用实实在在的时间和精力去交换，用真真切切的耐心和细心去对待。甚至，你付出再大的努力，也无法讨好全世界，也无法让每一个人都说"好"。

所以，A罩杯的姑娘，会因为善良和敏感而过于为他人着想，以至在自己的躯壳里替他人生活；可是当你跨越了纠结、多虑、求完美这类无用的情绪，走到能够看清看透不看破的境地，会发现，只有你自己才是真正值得关注的，只有你自己才是最值得被珍惜和善待的。

而生活里的一切，不会由于你的曲意逢迎谨小慎微便处处绿灯。

就好像，真正体恤的伴侣，绝不忍心看着你累得像条蔫头耷脑的小博美，能够心安理得享受你的付出而不动容的男人，也不值得那些心血。

而孩子，分明是吞时光的洋娃娃，粉碎机一样把时间和精力打成碎片片甲不留，好妈妈的无底洞，几乎是没有退路的；甚至，你自己都不知道在这条路上付出怎样的代价才可以拿到"优"。

至于工作，永远是实力说话，同事是青眼有加露出8颗牙，还是背过脸后从鼻孔里轻轻喷出一个“哼”，与你带了多少手信做了多少杂事关系不大，你是来做事的，不是来交朋友的，唯有业绩出色才是免死金牌。

在A罩杯的心气中，永远关注细枝末节，被鸡零狗碎的繁杂事搅和得胸闷；而在Z罩杯的心胸里，大事就那么几件，最大的事就是善待自己——自己好，周围的一切才会好。

对每个人微笑，不可能获得360度点赞；对某些人某些事不屑，也不至于全方位死角。

超越A罩杯的纠结，F终于修炼出有容乃大的Z罩杯人生观——有些关系，泰然处之；有些事情，淡而化之；有些人，敬而远之。

她轻松多了。

敏感是女人的天分，恰到好处的迟钝却是修炼。

何况，真正值得珍视的人，和真正过不去的坎一样，都很少。

Chapter 3

# 婚姻里的真相

和你结婚的男人，

就是那个两份寒冷靠在一起变成微温的伴儿，

无法疗愈所有，却让人觉得在空荡的世界中有所依靠，不再是一个人。

# 她嫁亏了吗？呵呵，并没有

每个男女选择婚姻对象时都会本能地趋利避害，
挑选自己当时最重视的品质，
有时是爱情，有时是财富，有时是智慧，有时是实用。
只不过时光荏苒心境变迁，
当年看重的特质，后来不再看重了而已。

## 什么是嫁亏了

前段时间和好友约饭，她犹豫了一下问："我能带位朋友A过来吗？她非常喜欢你的书。"

好友不是多事的人，我马上答应了。

于是，我们3个人吃了一顿糟心的饭，我也因此认识了A。

落座20分钟，我和好友都发现，A与我见面真正的目的是吐槽自己嫁亏了的婚姻和不争气的老公，她认为女作家见多识广，有高明的解决办法。

呵呵，其实并没有。

A说："我嫁亏了。当年觉得他长得帅脾气好对我用心，结婚5年才发现，帅很容易长残，脾气好相当于窝囊，对我太用心那是不自由。现在怎么办？”

显然，好友也没料到她的好友那么快就对我一个陌生人敞开心扉，还想打个圆场，但是A斩钉截铁地说：“我今天来，就是想要个答案！”

我问A：“你怎么确定自己嫁亏了？”

她用难以置信的口气反问：“一个男人5年事业停滞不前，没有上进心，还不亏？”

我说：“可是他帅，而且脾气好。”

A答：“这又有什么用呢？”

坦率地说，我不太相信“嫁亏了”“娶亏了”的说法，爱情和婚姻是动态平衡，有很多补偿机制。比如，没有上进心是缺点，但长得帅是优势；矮是缺点，但聪明是优势；家庭关系复杂是缺点，但家境好是优势；脾气暴躁是缺点，但心地善良是优势。

每个男女选择婚姻对象时都会本能地趋利避害，挑选自己当时最重视的品质，有时是爱情，有时是财富，有时是智慧，有时是实用。只不过时光荏苒心境变迁，当年看重的特质，后来不再看重了而已。

不是旧社会，需要谁卖身救母，每个人都有选择权，伴侣都是和当年的自己在心智、财富、相貌、地位、性格等各个方面综合后最匹配的对象，也都是力所能及范围里最优化的选择。只是后来条件变了，当初的光鲜不再，弱点却放大，看上去嫁亏了、娶亏了而已。

谁一开始就故意选个条件糟糕的对象，给自己添堵呢？对方一定有其他长处。

朋友说：“要不你离婚，重新开始？”

A叫起来：“那怎么行？我离婚带孩子财产还被分走一半，以后生活怎么过？”

朋友又说：“要不你忍忍，好好过日子，正常人谁没有缺点？”

A再次反对："那怎么行？和他多过一天都是折磨。"

A毫不犹豫否定了朋友建议的每一种解决方式，自己也找不到办法。她和绝大多数自认为嫁亏了的女人一样，既没有能力摆脱，也没有心力继续，在絮絮叨叨的吐槽中糟蹋自己的生活。

大多数怨妇，都是这样炼成的。

## 如果婚姻不是你想象的样子

如果你对婚姻极度失望，可以看看罗斯福夫人埃莉诺的传记，在《光荣与梦想》这本书里有。

埃莉诺是富兰克林·罗斯福的夫人，当了12年美国第一夫人，至今没有人打破这个纪录。二战后她出任美国首任驻联合国大使，主导起草《世界人权宣言》。但是，她是一个外貌相当不好看的女人，如果你看过她和宋美龄的合影，就知道差距有多大。当时的美国媒体非常刻薄地评价埃莉诺，说她门牙实在太长，可以隔着篱笆咬到外边的苹果。她和罗斯福是远亲，两人1905年结婚。

婚后第13年，1918年，她发现罗斯福和秘书露西有了婚外情。

埃莉诺果断提出离婚，但罗斯福不同意。对于一个政治家，离婚等于政治自杀，何况，那时候正值二战，政治的动荡极大影响国家的利益。因为无法摆脱婚姻，埃莉诺转变了关系，她把自己和罗斯福变成政治上的合作婚姻，从此她所有的精力，几乎都投向公益事业。

埃莉诺的一生非常伟大，她几乎奠定了美国第一夫人的行为模式。宋美龄看望伤兵、发起新生活运动、参加社会活动之类的创举，都是Copy了埃莉诺的言行，以至于后来美国总统竞选都会打出夫人牌，直截了当地说："选我，买一送一！"当年克林顿竞选时，希拉里就说："选了他就等于搭售了一个我。”

埃莉诺令人尊敬，并不是因为她在失望的婚姻中苟延残喘，更不是当丈夫背叛时，她把精力投入公益事业，而是她有能力在不好的环境中，做出最优化的选择。任何决定都有取舍和得失，她坦然面对，不抱怨，不挣扎，不纠结，剽悍对抗生活的狂风暴雨，

1962年，埃莉诺去世，她在自己的墓碑上刻了一句话：打败我们的，是恐惧本身。

所有女人，对待未知的改变，都心存恐惧。

可是，如果婚姻不是你想象的样子，如果生活不是你想象的样子，要么改变它，要么改变自己适应它。

并没有第三种方法。

## 比悍妇更可怕的是怨妇

成熟真正的标志是什么？

我曾经有过很多答案，年龄渐长、成家立业、为人父母，后来觉得这些都不是。经历，只是成长道路上的一个个仪式，并不代表经历之后，自然成熟。

对自己和他人负责任，对自己的选择有担当，具备发现问题和解决问题的能力，才是真正的成熟。

所以，成熟的人不太向别人倾诉。他们很清楚，自己的生活找别人也要不到答案。

那天吃完饭分开后，好友发信息向我道歉：“真不知道A会跟你说这个。”

我赶紧回复：“没关系，可能她只是想找人聊聊。”

好友留言：“聊又有什么用？日子不还得继续。”

成年人解决问题，未成年人抱怨问题。

任何在岁月里拉长了脸的女人，并不能多得到什么。

她们一点一点消耗着自己和别人的生命力，磨损着爱和忍耐，浪费着希望和机会。

如果生活风和日丽，做个温和的女人，享受自然的创造和给予；如果生活狂风暴雨，做个剽悍的女人，把一招一式挡回去，劈开一片新天地。

比悍妇更可怕的是怨妇，她们用孩子气的行为，在成人的世界里挣扎，碎碎念，究竟有什么意义？

# 结婚还是单身，真实的得到与失去

如果单身，

你所选择的，

一定是你能负责的；

你所做的，

一定是你能收摊的。

记得在北京做《灵魂有香气的女子》阅读分享会时，现场交流最多的话题就是：一个女人，究竟单身更幸福，还是结婚更圆满？

这真不是一个特别容易说清的问题，抛却个体的不同，假如你愿意，我们抛开主观意愿、不贴标签、不以成见为判断地想想这件事儿。

任何选择，离不开时代背景，我们身处的是个怎样的时代呢？

第一，经济飞速发展，经济基础决定上层建筑与思维模式。现在10年的生活变迁超越从前30年甚至更多，经济的快车道成为一对男女差异巨大的跑道。除去封建社会绝对的男强女弱，我们父母辈甚至祖父母辈男女间的差距不过是步行与骑自行车的差距，现在，一不留神就变成了走路与开车，甚至汽车与火箭的区别，这样的反差，无论多么强烈深厚的感情，都需要空前的智慧以接纳现实的考验。

第二，互联网时代，无论男性还是女性，面临的机遇、挑战、诱惑、变数前所未有地繁密，可选择的样本数量庞大。但是，没有牢固而稳定的价值观与道德观限制个体行为，“对”与“错”的边界异常模糊。心灵迷路的人，大多追求个人价值最大化，传统的伴侣与婚姻关系变得很脆弱。

第三，传统观念与力量依旧强大。尤其中国三线以下城市，是否结婚、是否嫁了个比自己强的男人、婚姻是否看起来不错，依旧是评价女性人生“成功”的重要标准，“看起来幸福”往往比“真正开心”重要。于是，不少女性宁愿牺牲自我感受，也要赢得相对良好的社会形象和口碑。

第四，养育孩子成本太高，甚至严重影响到成人的生活方式。怎样带孩子、怎样既带好孩子又不失去自我，成为社会问题，很少有家庭能够完全不借助外力承担抚育子女的责任。于是，双方老人被引入三口之家，隔代观念的差异、冲撞与干涉演变成新的家庭矛盾，借人之力而又不受人之制的情形，太少。

第五，女性实现自我价值的领域越来越多，婚姻的庇护、供养、抚慰、寄托作用越来越弱。“结婚”成为性价比不太高的事，而意味着更多的妥协、奉献和牺牲，除非嫁给各方面条件都优于自己的男性。可是，如此优秀的男性为什么要花一环的房价买三环的房子呢？所以，论男女，结婚的动力都逐渐弱化。

于是，没有任何一个时代为我们目前的情感状况提供可参照的蓝本——无论从历史中的爱情，还是父母辈的婚姻，都无法找到一个类似MBA教学中的案例和模板，成为遵循的法则。

结婚和单身的选择，越来越让人困惑，究竟怎样才能过好这一生？

假如你是单身女性，请更加坚定与自立。

一种幸福需要配合的人越多，获得的难度便越大，而一个人的小确幸只需要你活成自给自足的个体。不错的收入，稳定的情绪，专注的爱好，良好的人际关系，加上没有爱情饥渴症的内心，你一定能够成为相当不错的女人。

不必羡慕婚姻中的人，你永远不知道看似和美的两个人之间究竟发生着什么，他们可能正在向往你单身生活的简单纯粹。更不必为老了谁照料你这样的未来操心，婚姻并不是全部保障，婚内无保的人多了去了，早点补钙、锻炼身体、定期体检，把别人经营婚姻照料孩子的精力用在自己身上。不出意料，你应该比同龄的已婚女性看起来更年轻，因为你需要应对与妥协的事情相对比较少——没有无缘无故的收获，已婚女性看似老有所依的晚年，不过是前半生照料男人与孩子的回报。你把这份心力用来呵护自己，一来身体不会差，二来未来的社会养老保障服务也不会太弱。只是，你可能需要牢记，最能摧毁单身女性的是脆弱和烂桃花。

谁都有孤枕难眠心雨滂沱的时候，差不多就行了。东方社会向来不接纳过于创新与个性化的生活，所以不要被由此产生的负面情绪压倒。单身的定力在于自己活成一个圆，假如做不到，还是不要故作坚强，找个差不多的人嫁吧。

而烂桃花，主要是已婚男人。

单身时间越久，适合你的男人基数便越小，这是定律。如果决定单身，就得接受。虽然中国不幸福的婚姻特别多，但也用不着单身女性肉身布施。一个懂事的第三者是拯救一桩濒死婚姻的利器。男人获得了婚内的白玫瑰，也拥有了婚外的红玫瑰，大多不再有勇气打破这种生态平衡。这种局面，你能否承受?

所以，如果单身，你所选择的，一定是你能负责的；你所做的，一定是你能收摊的。

别让自己陷入被动与不堪的局面，你得到轻松清净自由的生活，损失些烟火气的天伦之乐，算不得不公平。

经营好自己，顺其自然迎接未来的单身女性，活得不会差。

假如你是已婚女人，需要相当的聪明与豁达。

婚姻里女人的幸福，不是光靠个人付出就能得来，还需要诸多外界力量的配合。

比如，你的丈夫能不能一辈子爱你，你的公婆能不能接受你，父母能不能理解你，你的钱够不够花，孩子够不够出色，有没有个把能割头换项倒狗血的闺蜜……这些世俗的支撑，构成了幸福这个最精细复杂的仪器。

只是，要靠别人的配合和努力，要牵涉方方面面的关系，这样的幸福，怎么会简单呢?

所以，已婚女性需要放下不切实际的幻想，团结一切能够团结的人——丈夫、父母、公婆、子女、亲友、保姆，像燕子衔泥一样构筑婚姻稳定的基石。

这个过程中，辛劳、孤独、痛苦、不被理解是必然的。选择婚姻，既是选择爱情与责任，选择烟火气的生活，选择主流社会的通行证，也是选择一种捆绑，无论从前多么任意妄为，踏进婚姻有了孩子的那一天，你的决定便是牵一发而动全身。

只是，他人的情感和心意往往难以把握，把幸福建立在一个男人能否一辈子爱你上，是件难度太高的事，而且很有可能是件破釜沉舟毫无退路的事。所以，你依旧要照料好自己——职业、外形、社交、心智，独立的女性才能在婚姻中拥有话语权和自主权。稳固的婚姻形式，或者是强势方对弱势方宗主国式的统领，或者是一场旗鼓相当的对手戏，总体来说，都是一个由内而外的平衡。

做到这些，你便可以无忧享受婚姻的保障：爱情与亲情的天伦之乐，老有所依的未来，传统社会的认可，以及即便他公司在纳斯达克上市，你依旧与他并肩而立地分享。

结尾很无关。想到大学时代学过的著名诗人弗罗斯特的代表作《未被选择的路》，作于1915年。而我们的人生里，又有多少未被选择而又不能回去的路？

黄色的树林里分出两条路，
可惜我不能同时去涉足，
我在那路口久久伫立，
我向着一条路极目望去，
直到它消失在丛林深处。
但我选了另外一条路，
它荒草萋萋，十分幽寂，
显得更诱人，更美丽；
虽然在这条小路上，
很少留下旅人的足迹。
那天清晨落叶满地，
两条路都未经脚印污染。
啊，留下一条路等改日再见！
但我知道路径延绵无尽头，
恐怕我难以再回返。
也许多少年后在某个地方，
我将轻声叹息将往事回顾：
一片树林里分出两条路——
而我选择了人迹更少的一条，
从此决定了我一生的道路。

# 女人的孤独

婚姻有陪伴的功能，孩子有慰藉的疗效，
而孤独却是长在心里的一棵草，
除非我们自己有能力把它根除，
否则，这棵去不掉的草将永远生长在心头。

朋友M问我：女人什么时候要孩子合适？我说：当你觉得自己可以像单亲妈妈一样独自抚养孩子的时候。M呸我：那我结个什么婚，现在生算了。我反问她：你为什么要孩子？M眼睛直放光：为了爱情啊！为了让两个人之间感情更好啊！为了不孤独啊！我笑说：拉倒，你还是别要了，没有什么比孩子更能摧毁夫妻感情的，尤其是孩子3岁之前。

M很惊恐：为什么？！

我无语，和一个连婚都没结的文艺女青年说婚姻的孤独不啻鸡同鸭讲，爱情的蒙汗药让她们充满了上刀山下火海的正能量。

但是，当你告诉一个30多岁的已婚女人，半夜三点，孩子哭得快断气，老公鼾声如雷，自己心如刀割，一瞬间只觉得自己像个女战士，觉得孩子才是唯一的亲人，只想把老公踢下床去，她一定会默默地抱抱你，感同身受地给你一个鼓励。犹如，当你向一个已婚已育的男人倾诉这些，他一定会张大嘴瞪大眼：你不是起来了吗？为什么要两个人都起来？男人早上还要上班呢!

男人永远觉得，女人看起来天大的事情少有几件真是大事，不过是寻常生活的一地鸡毛，甚至连吵个架的级别都够不上。而女人的情绪，就在这一地鸡毛中被缠得肝肠寸断孤独蔓延。

我的一个女朋友，艳如桃李事业小成，谈下了不少别人搞不定的业务。让她和男人吵架比登天还难，在她看来那是缺乏沟通技巧，只要沟通得好，夫妻之间什么问题解决不了？直到有一天她肿着眼对我说："真的没有办法，他根本无法理解。"原来，别人眼中的这对璧人一直是靠写信维系感情的，女人给男人写《那些曾经温暖的记忆》希望能够唤起恋爱时的美好，不要像异性合租般了无生趣；男人回《生活本无事》诉说一个壮年事业男的苦恼，求老婆不要自寻烦恼。女人写《至亲至疏夫妻》倾诉夫妻同床不共梦的孤独；男人写《生活的一地鸡毛》认为生活琐事才是爱情和亲情最大的杀手。听完，我笑得几乎断肠：你老公真行，还能写几句一唱一和，搁别人谁耐烦读那几张密密麻麻的仿宋-GB2312?

她正色问我：你说女人为什么孤独？我也正色答她：因为社会对男人和女人的评价标准不同。我问她：好男人的标准是什么？她思索片刻：事业有成、家庭幸福吧。我再问：好女人呢？她仔细想了很久：家庭幸福、事业小成、温柔娴熟、美貌得体、上得厅堂下得厨房、孩子乖巧……我让她打住：这其中哪一条不需要女人付出全副心思百般努力？而男人，事业的一白可以遮百丑，一个事业有成的男人谁会计较他一年陪父母几天一周带几晚孩子？和老婆单独在一起已是奢侈，哪里还能奢望他们陪女人谈心事呢？而女人，社会对她的评价是360度全方位的，好女人必须担得起好女儿、好妻子、好媳妇、好妈妈诸多名号，缺一则不完美，而为这些名号付出的努力却自动在社会评价体系中归零：那些啊，都是女人应该做的，是本分。既是本分，你怎能指望获得肯定？至于鼓励和激赏，那更是不可能的。女人日复一日地付出，却仅仅是做好了本分；年复一年地努力，却连表扬都得不到，内心怎能不孤独呢？那个当年被人呵护如珠的灵秀女子早已在时间的长河中被涤荡成了一粒最普通的石子，男人视若不见的眼神足以让她失望和落寞。

回到M的问题，什么时候要孩子合适？

当你真正成为一个独立的、豁达的女人的时候。

那时，你清醒地意识到这是你自己的孩子，除了你其他人并没有特殊义务对这个小小的婴儿负责，你必须独立承担责任。这样，男人的体谅、家人的援手、保姆的帮忙、朋友的问候都成了飞来横福，你忙着感恩涕零地消受去了，哪还有情绪去抱怨孤独？相反，假如你坚定地认为这是大家的孩子，父亲必须管孩子，老人必须带孩子，自己一定要获得这些帮助，最终，支持不会来，抱怨、争执、纠纷、孤独会排山倒海而来。

婚姻有陪伴的功能，孩子有慰藉的疗效，孤独却是长在心里的一棵草，除非我们自己有能力把它根除，否则这棵去不掉的草将永远生长在心头。

只是，如果注定孤独，为什么我们还需要男人与婚姻？

六六曾说：我什么都能干，我什么都会干，但我还是需要个男人，让我有个伴儿。生气时骂骂他，伤心时靠着他，快乐时抱抱他，年迈时牵着他。我有很多女朋友，可我总觉得，我能和她们玩耍聊天，但不能和她们朝夕面对。

是的，说出绝大多数女人的心声。

和你结婚的男人，就是那个两份寒冷靠在一起变成微温的伴儿，无法疗愈所有，却让人觉得在空荡的世界中有所依靠，不再是一个人。

# 男人的孤独

孤独对于男人，

是个不能说也没什么好说的公开的秘密。

宁财神曾经调侃男人在不同人生阶段对于女人的别样追求：

“少年时，想碰到一个聂小倩。拼了性命爱一场，天亮前带着她的魂魄远走他乡。青年时，想碰到一个白素贞。家大业大，要啥有啥，吃完软饭一抹嘴，还有人负责把她关进雷峰塔。中年时，想要一个田螺姑娘。温婉可人，红袖添香，半夜写累了，让她变回原形，加干辣椒、花椒、姜、蒜片爆炒，淋入香油，起锅装盘。”

生活的现实可不是这样。

少年时，你拼了性命爱一场的聂小倩向你逼婚，要求省会城市二环内无贷款两室两厅的房子，你没有，于是天亮前，她带着你的魂魄跟别的男人远走他乡。

青年时，即便碰上白素贞，家大业大要啥有啥，可是并没有人把她关进雷峰塔，倒是附赠一个啰唆数落你不上进吃软饭的丈母娘，每天脱口秀臊得你做梦都是在江湖上横刀立马。

中年时，田螺姑娘来了，也温婉可人红袖添香，不过，你让她变回原形她可不干，她要求和你老婆谈谈，把正室的位置让出来。此时，轮到你家大业大要啥有啥，却碰上一根筋的死女文青，傻了吧?

算了，饶了男人吧，他们也孤独的。

举目望去，边开车边沉思的男人、盯着电视机傻笑的男人、被世界杯搅得生物钟紊乱的男人、微信里秀运动成绩的男人、人到中年还苦练书法的男人、在书本里一窝一整天的男人、酒吧里的男人、宁愿泡桑拿也不愿泡老婆的男人，不过都是躲在“树洞”里休息的男人。

孤独对于他们，是个不能说也没什么好说的公开的秘密。

一直以来，女性思维坚持“嫁汉嫁汉，穿衣吃饭”。虽然现在基础生存大多不是问题，可婚姻里对于物质的依赖和追求却越来越强烈，过“好日子”的物质重担，往往压在男人身上。

中国社会要求女人做好妻子、好母亲、好女儿、好员工、好朋友，但是，女人要真是撂挑子不干躲回家，全职太太未必不是出路。男人不同，虽然事业的一白可以遮百丑，可事业的一孬同样能够抵九好。一个在家庭中尽职尽责的男人，如果没有事业光环的笼罩，没有在工作中小有所为的成绩，没有在经济上罩得住全家老小的本事，不用说在大多数人眼中依旧是个loser，就算他自己，心里也充满力有不逮的惭愧。

中国社会，不，几乎是东方社会，很难真正容纳奶爸式的暖男，犹如很难完全宽容不婚主义的剩女。

光这事业的一条道，便足以让男人们鞠躬尽瘁死而后已，心里长草孤独不已。

夫妻之间，什么最难得？

感情？性爱？理解？35岁之前，我曾经有过很多答案，可是现在，我只有唯一的答案：一路同行。这种同行，不是“嫁鸡随鸡，嫁狗随狗”的亦步亦趋，而是在漫长的人生中跟上对方的脚步，无论思想还是身体。

比如，当男人希望安静的时候悄悄把孩子带到别的房间；当男人希望聊两句生活之外的事情时，不跟他提他妈有多么不可理喻；当男人谈到他的工作时，你不是完全懵懂无知；当男人希望和朋友喝两杯时，你能够宽容地走开。

可是，我见过的大多数女人，思想和身体都跟不上男人。

她们并不真正屑于打理感情，经营婚姻，她们需要的是宗主国对附属国的照顾，以及物质与精神输出，而不是平等的交流和对话。她们希望婚姻解决自己更多的现实问题，比如，生活的优渥、父母的养老、孩子的未来，她们硬邦邦地索取呵护和关注。

被要求的男人，能不孤独吗？

男人不像女人，天生有倾诉的欲望，他们很难通过说话这种方式释放压力与焦虑。所以，能够独处又不用与他人对话的私密空间，成了最好的“树洞”。他们愿意在这个安静的树洞里，倾听自己内心的声音，在一个人的时候，承认自己的悲伤、快乐、寂寞、恐惧、愤怒、嫉妒，但是他们不说。

不说话的男人，会不孤独吗？

我曾经问过一个男性朋友：觉得哪个女人最可爱？

他说：赵四小姐。

我很吃惊：为什么？

他说：遇见张学良不是时候，他已婚，她不计较名分跟着她；他被关了，她放弃一切随着他；他权倾天下，她开着全天津只有一辆的限量版汽车傻里傻气兜风；他一无所有，她陪他在后院种菜养花；他话多，她听着；他无语，她伴着。总之，她由着他在自己的世界做一个自由的男孩，哪怕100岁。

听听，男人再老，心里也住着个孩子。

我的朋友艾明雅说，孤独是人类自身携带的远古病毒，不要试图根除，让它潜伏就好。少女时，总以为孤独可以被男人、娱乐、喧闹代替，最后才发现，它永存心底，只有自己才可以战胜。

所以，不要以为婚姻里有孤独，就一定是老公太差，婚姻太差。其实有时，是我们自己心态太差。

是的，婚姻里，一对体谅的男女，永远不会向另一半索取对方给不了的东西。

# 多少夫妻耗尽一生做彼此的差评师

多少夫妻，在漫长的岁月里，
硬生生折断了彼此的优点，
变成互不欣赏、互相打击的对手。
在婚姻的竞技场上，
用尽全力、耗尽一生地做彼此的差评师。

我的朋友L和P，虽然是一男一女性别不同，但是他们有两个共同点：

第一，他俩特别擅长从真善美里找出假恶丑，丁点大的事儿都能找到槽点，然后开始叨叨；第二，他俩的伴侣气色都不好，L的老婆常年萎靡，脸色蜡黄，P的老公总是精神不振，眼皮终年下垂。

起初，我搞不懂原因，直到跟这两对夫妻接触了几次，一切似乎都清楚了。

L喜欢叫朋友到家里吃饭，因为全职主妇L太太厨艺了得，西点和中餐各有惊喜。我怀疑他家最普通的醋熘土豆丝都拿鸡汤兑过。L太太洗碗的时候，我走到她身边由衷赞叹："嫂子，你菜烧得真好！"她很惊讶："真的吗？普普通通家常菜，L可从来没夸过。"我正想补充一句"他身在福中不知福"之类的话，只听L的声音响彻客厅："宝宝的裤子怎么脏了一大块！"

我们从厨房狂奔出来，见到L的公子裤子上染了一块画画的颜料，L兀自抱怨：太太整天待在家里，居然这都没发现，怎么当妈的！

L太太很隐忍，相当给老公面子，默默地拿出干净裤子，给4岁的孩子换上。

我打量着这个体面的家庭，客厅舒适清洁，宝宝玩具整整齐齐堆放在储物箱里，饭菜营养又可口，这些需要一个女人付出多大的耐心、爱心和精心？

可是一条无关痛痒的脏裤子，便足以把一切优点一笔勾销，换来一个巨大的差评。这样的日子里，女人怎么会扬眉吐气精神焕发？

P的老公是个有礼貌的暖男，爱岗敬业还挺顾家，就是有点路盲。有一次，我搭他们的顺风车去家不常去的酒店，算是亲身体验了一回悲惨世界。P几乎是从出发便开始抱怨，一直痛斥到抵达目的地。

“哎呀，刚才明明该下高架桥的，你没长眼睛啊！”“那里是单行道哎，你还准备拐进去？”“那个傻帽居然冲我们死按喇叭，赶紧超过他啊！”“你是我见过的开车最㞞的人！”可是，即便这样，P也不让老公装GPS，因为嫌聒噪。

一到目的地，我就飞快地跳下车，赶紧向P夫妻俩致谢。P的老公从几乎要得抑郁症的脸上勉强挤出个微笑。

这样的指责中，男人怎么可能自信满满神采奕奕？

夫妻之间，没有伟人，也没有美人。

我们终日面对的，都是枕边那个平凡的人。

别人眼里的女神，不过是趿拉拖鞋披着睡衣头发随便一绾的素面妇女；外人仰视的男神，也会蹲在厕所里脚跨“长江两岸”、手握“重要文件”，边抽烟边使劲。

可是，这样真实的人，却是我们要携手走过漫漫人生的伙伴。不表扬不鼓励，光批评光打击，当初我嫁你娶你是为了什么？难道就是用自己的一辈子，找一个终生的差评师挑毛病闹情绪吗？人到一定份上，该明白的人生哲理和心灵鸡汤早就都搞懂了，并不需要一个总是耳提面命唱对台戏的丈夫或者妻子。

被爱着和被赞美着的人，信心是不同的。

众所周知，民国著名“点赞师”、男神胡适，娶了个不大识字的小脚老婆江冬秀。可是人家不挑剔、不责备，还鼓励小脚太太“勿恤人言”，开始“放脚”，在男神的循循善诱下，太太学文化，看古典小说，《红楼梦》里丫鬟的名字都能如数家珍背出来，还学会了写信。

胡大师晚年困居孤岛，仍然不失幽默，偶然看到一块纪念币上刻有“P.T.T”字样，便说是“怕太太”（首字拼音PTT）协会发行的，还编出一系列新“三从四得”——太太出门要跟得，太太花钱要舍得等等，自封“P.T.T协会”会员。

一辈子，胡太太被哄得乐陶陶、美滋滋，把胡大师照顾得妥妥帖帖幸福满满。

一对男女，相遇已属缘分，钟情更加不易，费尽周折地结为夫妻，那真是机缘的天时地利与情感的水到渠成。年轻时的爱情，蚕茧一般丝丝缠绕，蜜意绵绵，恨不得戳碎屏地为对方点赞；中年时，却好像飞蛾破蛹，懒洋洋、灰突突，能够少给对方差评，已经不容易。

而大多数人，不到7年就痒，走到半路已经成了陌路。

当年爱他飞扬的个性，如今眼热的却是闺蜜新换的豪宅，于是，他的不羁变成不负责任，需要几次三番地唠叨控诉；曾经钟情她质朴的善良，现在喜欢的却是回眸一笑百媚生的风情，于是，她的淳朴变成了木讷，实在连抬眼打量都是多余。

多少夫妻，在漫长的岁月里，硬生生折断了彼此的优点，变成互不欣赏、互相打击的对手。在婚姻的竞技场上，用尽全力、耗尽一生地做彼此的差评师。

稳定的婚姻各种各样。曾经爱得你死我活并不稀奇，甚至未必重要，最难得的是，激情退却，时光荏苒，依旧为对方点赞，依旧觉得一切都是最好的安排，一切都是最佳的选择。

所以，每个甜蜜的女子背后，大多有一个宽厚男子的默默扶助；每个圆满男子的身边，也少不了一个宽容女子的无声支持。

他们欣赏各自的优点，包容彼此的缺点，争相为对方点赞。这种赞赏，像一支点石成金的妙笔，发掘对方自己都意识不到的潜能与才华，把另一半改造成一座宝库，而不是打击成一个烂尾楼似的工地。

相互点赞的婚姻，怎能不良性循环呢？

# 爱情与婚姻的游戏规则

假如爱情与婚姻失去了忠诚的游戏规则，

你人生的屏幕上某一天终会打出一行字：Game over。

4年前，我和小伙伴在尼泊尔徒步，回到酒店时累得人仰马翻，于是预约足疗服务。当天，几乎整个酒店都是同样疲惫的游客，我们的服务时间被安排在晚上8点，在当时的尼泊尔，已经相当迟，除了零星的赌场和旅游场所，加德满都是座几乎没有夜生活的城市。

足疗师是名羞涩的小伙子，英文比我俩加起来都棒。寒暄后，他忐忑掏出手机，对我们说，能不能给他太太打个电话，因为夫妻有约定，每天晚上9点前必须到家。

我和小伙伴震惊了，两个异国女游客用拙劣的英文，对尼泊尔太太解释清楚她老公确实在加班干活，是件多么匪夷所思的事情。难道整个东方的女人都热衷于电话查岗？

我们准备好措辞，由我的小伙伴拨通电话向太太做工作证明，我则笑着问足疗师："Is it very important? "（这件事情很重要吗？）

他极其认真地回答："Yes, this is the rule between both of us."（是的，这是我们之间的规则。）

瞬间，我被rule（规则）这个词打动了。是的，这个世界什么不需要规则呢？爱情和婚姻更需要遵守规则——哪怕是晚上9点必须到家。

而所有关于爱情与婚姻的规则中，最基础的一项就是：忠诚。

有一阵子，因为频繁发生的著名男人嫖娼事件，闺蜜之间还曾经讨论过：嫖娼算不算出轨？嫖娼与出轨哪个更严重？

这个问题确实复杂，出轨和嫖娼，性质怎么界定？哪一个伤害更大？对于某些男人，解决下半身问题和真爱可能无关；可是对于女人，这是一个巨大的凌辱。

那些认为嫖娼不算出轨，为嫖娼找各种借口的人们，或许混淆了三个层面的问题：第一，嫖娼是不是出轨；第二，出轨后能不能被原谅；第三，被原谅的出轨还算不算出轨。

如果没有规则，世界将会混乱不堪。

具体到性欲这件事，李银河曾说，社会的规则有三种：

第一，不可强奸。只要对方不同意，无论是强奸、猥亵、性骚扰，全都不允许。一旦发生，要受刑法处罚。

第二，不可通奸。婚姻有对配偶忠诚的承诺，否则为什么要结婚？单身就可以不犯通奸错误。婚外性关系发生率在40%左右，其中包括性交易但不都是性交易。可是，发生率高不代表不是犯错误。

第三，不可交易。不同国家和社会有不同规定，荷兰、德国等允许性交易；中国不允许；有些国家处于中间状态，比如英国，只禁止性工作者强行拉客，其余不禁。

这个态度相当明确：嫖娼当然算出轨，不要考验女人的底线。

我知道在某些国家专门设有红灯区，嫖娼被视为合法正当娱乐。可是，我惊讶的是，人们关注的重点根本不在于嫖娼是否道德，而在于男女有别。很多人理直气壮地认为男人嫖个娼根本不叫事儿，他们劝说因为男友或丈夫嫖娼而痛苦的女人：你就当他是去洗了个澡、喝了顿酒，只要做好安全防护措施就成。

我心里奔腾过一万匹草泥马，脸上却带着微笑说：好的，请允许女人与午夜牛郎共度良宵，你就当她是做了个指甲、泡了个SPA好了，大家会做足防护，谢谢包涵。

还有人觉得，出轨是身体与心灵同时离开伴侣，而嫖娼，不过是身体暂时开小差，比出轨的伤害小多了。

伦敦有个姑娘叫Olivia，25岁，硕士学位，至少懂4国语言。她是顶级escort，怎么说呢，文雅点是交际花——你小时候看过《茶花女》吧，她是玛格丽特的同行，粗鄙直接点就是妓女。她面容姣好，身材火爆，知性优雅，品位不凡，既可以陪伴你出入上流社会吃晚餐，看歌剧，也可以在床上high到爆，她的过夜费是2500英镑。

她的资料与价码都是公开的——假如你是她的目标客户。

如果男人认为自己不会对郭美美那个款型产生爱情，嫖资几十万仅仅图个乐子，那么，你们能够保证睡完Olivia之后不会爱上她吗？那可成了标准的灵与肉的结合啊！

所以，不要用有没有感情来界定算不算出轨，感情太无形，谁会在滚床单时默念“我只要肉体，我坚守我的心灵”？

谁能做到下了床立刻握握手走人，挥挥衣袖，不带走一片云彩？

床单只要滚了，就是出轨。

当年住在香榭丽舍大道或者普罗旺斯街的茶花女玛格丽特，所有来拜访她的客人都很清楚自己的行为是对伴侣的背叛，只是当时社会的潜规则默许了这种所谓体面的婚外关系。

还有人觉得，出轨也分轻重，嫖娼和一夜情都算程度比较轻的。

可是，出轨实际上是个临界点，没有多少程度上的轻重缓急，不是睡了一次是轻度出轨，睡了百次是重度出轨，而是只要睡了，就是出轨。

只是，出轨是一个命题，能不能原谅对方却是另外一个命题。

爱情与婚姻中，每一对伴侣都有各自不同的相处规则与交往底线。有些人觉得伴侣半夜打呼噜简直过不下去，有些人却认为没有他的呼噜声，生活就缺乏安全感。一百对伴侣有一百种游戏规则。

就好似周慧敏说起出了轨的倪震："我的伴侣绝对犯得起这个错误。"那是一个深爱中的智慧女子对另一半的宽容，是基于岁月和情感的温厚理解，而不是她底线太低。

所以，如果爱她，就不要辜负她的善良。

可是，这种女性的善良，却成为某些男人自我原谅的借口：看看，他老婆都不追究了，别人瞎起什么哄？

他老婆的隐忍，有各种各样的难言之隐——依然存在的感情、血脉至亲的孩子、早已相互融入的家人，哪一个割舍起来是容易的？

被迫宽容的出轨，难道不比一拍两散的出轨更具有长期而残酷的杀伤力吗？

假如爱情与婚姻失去了忠诚的游戏规则，你人生的屏幕上某一天终会打出一行字：Game over。

没有规则的生活注定无法继续。

4年前的那一天，我和小伙伴最终结结巴巴地用英文在手机里对足疗师的太太说：“Your husband loves you so much. We cancel today's appointment, he can go home on time.”（你丈夫非常爱你，我们取消了今天的预约，他能准时回家了。）

一个对伴侣遵守承诺的忠诚男人，当得起这份夸赞和尊重。

# 不娱乐，不成婚

没有点娱乐精神的婚姻，真的走不下去。
凡事当成谈判一样严谨认真，
把对方说的每一句话看作合同一样字斟句酌，
把生活的每一点波折扩大到人生的意义，
把对方的每一次情绪低落上升到爱与不爱的程度，
那都是自寻烦恼。

女友T和X同时看中一款价格将近RMB30000的包，当然，也几乎同时回家找那个人要钱买包。

一周后，T挽着全新的“包大人”满面春风来了，X空着手黑着脸肿着眼一声不吭地坐饭桌上。

“怎么要到钱的？”我很虔诚地问T。

T撇撇嘴：“你以为他给得那么爽快？我刚说要买3万块的包，他就跳起来：你把半辆入门款车背身上？不买！”

X看看T：“他也不同意买？那你的包从哪来的？”

T得意地笑：“不是还有‘然后’嘛。然后，美人我笑靥如花，扭着腰肢过去在他老脸上捏了一把，眨巴眨巴我的妙目：哎哟，陪你睡了那么多年，还不值3万块？！太太背着半辆车在身上，还不是说明老公贴心，把人家照顾得好？没有这个包，我会伤心的，难道你娶我不是为了让我开心？”

这么节操碎一地的举止，雷得我们瞬间接不住，只听见咝咝凉气在牙龈边呼啸。

“然后，趁热打铁，他就给卡了呗。”

我脑补着这对雷公电母眉来眼去的样子，觉得，要钱都要得这么打情骂俏还真是人间美事。

“你呢，那个人为什么不给买？”我推推旁边的X。

X明显情绪不高：“我刚说要买3万块的包，他就叫起来：3万块，借人还有10%利息呢，为什么买包？我说：难道你老婆不值一个包？他说：你总买那些中看不中用的东西，真正要用钱的时候就手头紧。我说：我用自己的收入做什么事我高兴，你管得着吗？他说：你的收入？你存过多少钱，我打赌你现在卡上的钱还不够付3万和3万的利息！”

我们听得心惊肉跳：“然后呢？”

X强打精神：“然后，我说：我让你看看我卡上有没有。第二天，我就打了33000元到他账户，给他留言：本金和利息，想买什么买什么，夫妻情分多少比33000元高点。”

饭桌上一片沉默。

X接着说：“第三天，他把33000元打回我卡上，什么话也没说。第四天，我又把33000元打过去，也不说话。然后，每天都这么你来我往，到现在还在冷战。”

“现在，钱到谁卡上了？”

“我。”

“你准备怎么办？”

“再打给他。让他知道，他的话真是太伤人了。他对金钱的计较，破了我的底线。”

再沉默。

好一会儿，T拍拍X的手，轻轻说："你这是不过了的节奏吗？到此为止吧，互相给个台阶下，婚姻里哪有那么多底线？"

X委屈："结婚前，他什么舍不得买？结婚后，难道连底线都没有吗？"

是的，婚姻真的是特别考验一个女人的底线可以低到什么程度的事。

以前，你觉得房间里乱七八糟简直是地狱；现在，房间里虽然乱七八糟，可是孩子安安静静在地板上玩玩具，嗯，这绝对是天堂。

以前，你以为他无缘无故冲你发火吼两句就是不爱你，恨不能哭断肠；现在，他下床气得小雨背后没有风暴，噢，真是人间四月天。

以前，你觉得有老人不打招呼就冲进你家，跟私闯民宅的冒犯没啥两样；现在，你看着客厅里穿梭的和平共处礼尚往来还帮你搭把手带孩子的婆婆，呀，这就是珍贵的亲情。

以前，你觉得他遗忘了你的生日、结婚纪念日、第一次见面的日子、第一次打Kiss的日子、第一次滚床单的日子，那是诛九族的罪；现在，你自己都忘了生日，却发现餐桌上摆着个小得不能再小的蛋糕，哟，世间真爱不过如此。

这些，又有多少底线可言？女人的底线，随着年龄、环境、心智的变化而日新月异，可最大的催化剂却是婚姻。

恋爱的时候，我们都把"底线""面子"这些形而上的东西看得特别重，老觉得这是爱与不爱的刻度尺。被生活教育过才明白，婚姻不是评选"重合同守信用单位"，而是两个人笑着闹着将就着拉扯着过到老。过于细腻的感情，以及过于坚硬的情绪，在婚姻里，都没有生存空间。

没有点娱乐精神的婚姻，真的走不下去。凡事当成谈判一样严谨认真，把对方说的每一句话看作合同一样字斟句酌，把生活的每一点波折扩大到人生的意义，把对方的每一次情绪低落上升到爱与不爱的程度，那，是自寻烦恼。

一千年前的爱情高手杨玉环，那个年代，37岁的老女人，是奶奶的级别，还胖。别说大把小萝莉往上扑，就是身边也充满了梅妃江采萍这种才貌双全的劲敌，但比较之下，情商高低立现。

同样是闹别扭，江采萍对着长时间不来看自己的李隆基写了首诗《谢赐珍珠》："桂叶双眉久不描，残妆和泪污红绡。长门近日无梳洗，何必珍珠慰寂寥。"那份较真和哀怨让人更想绕道走。女人总以为哀怨能换来怜惜，可大多数时候，烟火气的人间伴侣才是对方所求。

而杨玉环，直接剪了束头发让高力士送过去，那简直就是猛扑上去捏老脸加撒娇"还不快来哄哄我"的节奏。

结果呢？会跳舞的人民艺术家杨玉环，完胜会写字的文艺女青年江采萍，或许因为她没有那么用力和较真。

夫妻在一起这么久，起初，我们爱上彼此；之后，我们选择彼此；再后，我们娱乐彼此。在外人面前，我戳你的短处，你揭我的伤疤，我们都知道大家没有恶意，只不过为了在平淡的流年里毫无顾忌地笑几声，然后一起失忆，你忘记我的缺点，我忘记你的陋习。

最后，我们陪伴彼此。

有些所谓的底线，抗不过娱乐精神。底线太严肃太硌人，容易把一粒沙子放大成山。而娱乐精神，是不再端着，不再幻想，四两拨千斤般如入化境，顷刻间把压垮你的山，像武林高手一样掌击成沙。

只是请不要忘记，那些一再降低的底线，不过是一个人对另一个人的爱。

希望X再也不要纠结那33000千元。

# 婚姻里，你升值了吗？

一个女人，在职场上积极向上，
用努力换空间，与男性平等交流对话是升值；
在家里，照顾好一家老小，
安排妥远亲近邻，心态平和，温暖得体，也是升值。

临近下班，办公电话突然作响，来电显示完全陌生的号码，犹豫着接起，听筒里迟疑的声音顿了片刻才说话："请问，你是李筱懿？可以占用你几分钟说说话吗？我看了你那篇《坏婚姻是所好学校》。"

我想，她查到我的办公电话一定费了些周折，选择下班时间打来，是体谅也是勇气，人得多么憋屈，才会选择向一个陌生人倾诉。

她的故事不复杂：

她比他小5岁，恋爱3年结婚，婚后2年有孩子，为了照顾孩子，她辞职做全职妈妈。儿子今年5岁，他的事业欣欣向荣，她的心里却空空荡荡，孩子是唯一的共同话题，他没什么不好，应酬不太多，尽量早回家，每年安排全家旅行。

这是一个令别人羡慕不已的家庭，女主人温柔贤淑，男主人事业半成，孩子健康可爱，老人也算省心，人生还有什么不满足？

可是，她依然觉得和他无话可说，生活毫无成就感，甚至，她轻轻地叹了口气："如果，当年不辞职，可能也和我的女朋友们一样，至少是个中层了吧。"

我听出来了，这是一个婚姻里"他升值了，我却在原地"的典型。在"如果……就……"这个句型的包装下，饱含了委屈，以及牺牲却不被认可的冤枉。

的确，"如果……就……"是个非常可怕的假设，让人对未来充满不切实际的想象，好像当时倘若做了不同选择，生活必然日月换新天，但是果真如此吗？

我犹豫要不要对她说真话。

真话往往带着凛凛寒光，比如丘吉尔对斯大林说"我们没有永恒的朋友，只有永恒的利益"，比如我闺蜜对我说"你腿真短"，可这种冰寒让人清醒，温暖却毫无原则的鼓励常常令人更加困惑。

我决定为真话开个头。

我问她："你辞职的时候什么职位？为什么是你辞职，不是你丈夫呢？"

她有点吃惊："因为他职务和薪水都比我高得多，我当时只是行政文员而已。"

"那么，你凭什么认为，如果一个行政文员不辞职就一定会升职？或许上司不喜欢你，或许来了个更能干的同事，或许你不再热爱那份工作，甚至，或许你所在的行业整体下滑。总之，如果不辞职，说不定你不仅工作一筹莫展，连孩子都没人带，根本不会有现在稳定安逸的状态。"

"可是，我毕竟为了家庭牺牲了职业。"

"并不是每一种放弃，都能称得上'牺牲'，很多放弃是优胜劣汰。如果当时，你和你丈夫职位相当，薪资相等，却主动把更好的职业发展机会留给他，那确实是牺牲。可现在，是你们权衡利弊之后的优化选择。”

她没有说话，显然，她认为的“如果……就……”不包括我描述的情形，她曾经沉浸在为家庭牺牲却得不到理解的委屈中，今天却听到了另一个不中听的答案。

她说不上是赞同还是反驳，但是她很清楚，这些年在婚姻里她没有升值，他却越走越快，越飞越高，他们的差距越来越大。

我一直觉得，一个女人在职场上积极向上，用努力换空间，与男性平等交流对话，是升值；在家里，照顾好一家老小，安排妥远亲近邻，心态平和，温暖得体，也是升值。

两种不同形式的升值，无所谓谁比谁更高端。

怕只怕总认为没有选择的路才是最好的路，不知不觉成为两种怨妇：抱怨工作难搞的职场怨妇和抱怨婚姻拖累的家庭怨妇。

她们想象着自己在另一条康庄大道上飞奔的样子，对现有生活牢骚满腹。

一个人的价值与他内心的成熟丰盈水平，以及与世界的沟通方式密切相关。能够滋养伴侣和子女的女人，能够与伴侣在人生路上保持相近步速的女人，能够在家庭里独当一面补空填缺的女人，往往心智情绪稳定，她们有主心骨，有自己的追求和目标，不会把眼光仅仅局限在住所的三室两厅，或者把心思仅仅放在职业的起起落落。

在婚姻的学校里，她们有让自己不停升值的能力。

她们乐于学习婚姻里的必修课程——爱、自省、宽容、忍耐、体谅；也愿意进修选修课程——家庭主妇的职业生涯规划、幼儿教育学、复杂环境下的人际关系管理、沟通技巧等等。她们明白，要从这样一所大学里以优等生的成绩走到毕业，实在不比在职场上从新人变成精英容易。

人生的成就感有很多种，职业先锋是一种，主妇标杆也是一种，虽然各有取舍，但共同之处是能够把当下的生活过好，在当下的日子里路越走越宽，在当下的天地里越飞越高。

不仅对女人，男人也一样。

所以，梅琳达·盖茨不会郁闷。她与比尔·盖茨一起成立“比尔·梅琳达基金会”，他们是一对在事业上共同成长和增值的伙伴。

所以，我对面的邻居小花同学也不会烦恼，她烘焙做得棒极了，还常常组织我们这些职场妈妈带孩子进行各种主题亲子活动。

360种状态，全都能升值，只要你愿意。

# 婚姻不是股票，是保险

婚姻的笃定是，
无论何时，无论何境，
我们在一起。

我的大学同学、旅居爱尔兰的女作家Ida和我聊起一种神奇的文体——总裁小说。

这种风靡小女生的文体，故事架构和情节基本是这样的（以下是Ida的原文）：

一名大学女生嫁入豪门，丈夫是英俊无比、财富多得一逼、开会时是霸主、上床后是色狼、招惹无数女人但是内心有深深隐痛的总裁。总裁对女主爱搭不理导致她非常受伤，后来总裁的表弟，一个英俊无比、邪魅狂狷、财富多得一逼、招惹无数女人但是内心有深深隐痛的总裁B爱上了女主，再后来一个英俊无比、邪魅狂狷、财富多得一逼、招惹无数女人但是内心有深深隐痛的全球级终极大总裁C（外国人）爱上了女主……

凌乱了吧？

我总结一下，总裁体的中心思想是：

第一，大条草根女邂逅英俊多金男。多金男明明有条件拈花惹草三妻四妾，可是他偏不，他只爱大条女一个。

第二，大条草根女几乎四两拨千斤。没见有多少才艺，更别提思想的闪光，便让多金男（还不止一个）死心塌地，成为爱情与婚姻的双重赢家。

无论外表多么花哨，总裁体的中心思想依旧是：我要嫁个有钱人，我要通过婚姻实现人生大翻盘。

当我还是个妹子的时候，觉得做做白日梦，有益身心健康，只要梦醒后能够洗洗脑该干吗干吗就行，只怕入戏太深，分不清梦幻与现实的距离。

想嫁得好，希望通过婚姻改变命运，不是什么难以启齿的事。只要有机会，很多女人都幻想走进奢侈品店，指着每一个新款包，有教养有底气地说："这些，每种颜色都来一个，包起来，不要发票。"

但是，基本的价值观和逻辑不能差得太远。那种觉得找男人是选潜力股，甚至是挖金矿，指望低价买进高价卖出，在爱情和婚姻的股市里赚得盆满钵满的念头，不是梦想，是臆想。

在爱情与婚姻里，摔得最惨的，往往都是投机家。

Ida说，我们大学那会儿看过的小说，《简·爱》《傲慢与偏见》，可不就是"霸道总裁爱上我"的奶奶版吗？

我们笑得很怀旧，可是心里都明白，两者是完全不同的。

我们的内心，深深被那段台词打动着："你以为我贫穷、低微、不美、渺小，我就没有灵魂，没有心吗？你想错了，我和你有一样多的灵魂，一样充实的心。如果上帝赐予我一点美、许多钱，我就要你难以离开我，就像我现在难以离开你一样。我不是以社会生活和习俗的准则和你说话，而是我的心灵同你的心灵讲话。”

请不要嘲笑我们这些女文青掉书袋子，如果不是心里怀着这种爱的真切与执念，简·爱也不会在罗切斯特遭遇巨大的变故，变成一个落魄跛脚的瞎子时，依旧回到他的身边，爱他，嫁给他。

“总裁”也有摔倒的时候，把总裁当成股票投资的姑娘，遇到这样的大熊市，你怎么办呢？割肉斩仓去找下一个“总裁”吗？

人生最难预测的，便是未来的命运。

还没有任何金科玉律，能够确保你执行每一项条款后便可以到达花开的彼岸。生活里充满各种未知和待定，甚至，一场突如其来的疾病，就能摧毁一个有志青年所有的梦想。

无常的生活，需要的是一份保险般的爱情和婚姻。在漫长的岁月里，一对夫妻互相成为对方最值得信赖的底牌和保障。假如命运的锁链突然在某个环节断裂，他们还能够紧握彼此的手，支撑着继续走下去。

不欺少年贫，当他没有成为“总裁”时，你欣赏他的才华，愿意和他共苦，他才会在牛市里让你分享光荣与收益；

不嫌老来丑，当她不那么美貌苗条时，你的心里依旧没有嫌弃，依旧善待她心疼她，她才会在你成为一个不能动弹的糟老头的时候，用轮椅推着你散步。

婚姻的笃定是，无论何时，无论何境，我们在一起。

你希望获得的，也是你要付出的，这是所有梦想通过婚姻改变命运的女人和男人需要了解的游戏规则。

昨晚，我看到一位总裁晒自己的家庭照，九宫格一样的照片仿佛人生缩影：大学里，他和太太相遇；找工作，都从基础做起；攒点钱，一起买小房子结婚；自己还是大孩子的时候，迎来第一个小孩子的出生；他打拼，她照顾家；他有钱了，她依旧本分朴素；他感念她的付出，她心疼他的努力；他们在人生春暖花开的时候，迎接第二个孩子的来临；他们也会吵架，也有矛盾，但是想想一起走过的岁月，有什么不能包容呢？

我心里，和他们一起温暖着。

这些，可能更接近于一个总裁的真实婚姻。

邓文迪曾经凭借婚姻的成功成为亿万誓嫁“总裁”的姑娘们的偶像——她挽住了这个世界上最有话语权的老人的胳膊，如果婚姻是股市，那么她简直就是股神。30岁时，她在他的豪华游艇上意气风发地加冕成为新闻帝国的王后。

可是，14年过去了，82岁的总裁默多克和44岁的前总裁夫人邓文迪，在法庭上客套地握了握手并简单地拥抱了一下，迅速达成离婚协议。留在人们视野里的，是总裁在新闻帝国完成“去邓化”后意味深长的舒展笑容，以及曾经的总裁夫人不再明艳的、阴翳的脸。

谁也不知道这5000多个日子里究竟发生了什么，却清楚地看见她脸上的愠怒、怨怼和失落。

原来，总裁夫人也有不开心。

洞悉了婚姻的真相和总裁的秘密，如果你依旧希望嫁给总裁，最简洁的路径可能是：

成为另一家公司的总裁，和他平等对话，像潘石屹和张欣一样；或者，成为总裁的贤内助，用女性的善良宽厚打动他，像曹德旺和陈凤英一样。

命运最大的讥讽是，那些过于强烈和动机不纯的目的，往往都会竹篮打水一场空。

婚姻不是股票，婚姻是保险。

而且，总裁一般都很忙的。

# 女人最𡋾的时候

即便再𡋾，我也从来没有后悔做母亲。

孩子，让我变得柔软，让我懂得与世界握手言和。

有妹子甩过来一个问题："筱懿姐，婚姻里，什么时候最狼狈？"

我想都不用想地打出一行字：没有人给你带孩子的时候。

真的，只有当了妈妈才会知道，不曾被孩子重塑过的女人，从未像风箱里的老鼠一般被家庭和事业双面夹击的女人，未尝经历三代以上家族关系考验的女人，不足以语人生的辛苦。

我们的社会有太多被唠叨的口水喷出来的婚姻，以及被抱孙心切和新婚情深催出来的孩子。还有一些妹子，原本水灵潇洒，为了让她们生孩子，家里不惜结成"惊天魔盗团"：只管生，不要你操心带。结果孩子落地的一刻，所有曾经承诺帮你带的人在逗完宝宝之后都消失了，你猛然惊醒，大多曾经含辛茹苦自己亲手带过孩子的人，不会轻易承诺带你的孩子；大多随意应允带你的孩子的人，根本没有明白当下孩子对于一个中国家庭的考验。

而深思熟虑之后，依旧接下抚育下一代重任的亲人，的确是真爱。

有了孩子，女人可能面临三重人际关系再造：

和自己的亲妈决裂。虽然微信世界倡导我们与原生家庭和睦共处，可是让亲妈带两年孩子试试？30年积累的母女情深很快变成现世冤家，小到一瓶奶，大到教育方式，都是爱与痛并存的导火索。

和自己的婆婆决裂。有一次，我难得打开电视，屏幕上一位情感专家谆谆教导要把婆婆当亲妈，于是我听见自己不仅是胸腔，连带着整个腹腔都笑得颤抖。婆婆绝大多数不是亲妈，而是领导，还是对媳妇抢走自己儿子有成见的领导，没有这种四项基本原则式的认知和搞好关系的决心，前路艰难慢走不送。有些关系一旦僵了便再无转圜余地，婆媳即是其中第一大品类。

和自己的丈夫决裂。如果有人告诉你，孩子是爱情的结晶，别信她，少女童话里都是骗人的；如果有人提醒你，3岁以前的孩子是夫妻感情的头号杀手，不要放过她，她可能是你人生的诚信挚友。不是男人的问题，而是男人和女人天生对于孩子态度的差异：女人经历了10个月身体力行的准备，母爱天成；男人对孩子这种小动物则是越养越有感情，可让他们一开始便和母爱保持同步，实在有点强人所难。再有责任心的男人，对于被孩子修改得天翻地覆的生活，都没有那么充分的心理准备，需要给足时间让他们完成从懵懂少年到父爱如山的转变，这个时间差，往往是3年左右。在这漫长的1000多个日子中，如果你希望与他白头到老，那么，除了同理心、等待、忍耐，可以用的招数不多。

认清这些之后，我决定找保姆。

两年半时间，我见过不下20个保姆，制作了最全的合肥保姆中介表格，我的管理学知识从来没有这样淋漓尽致发挥过作用。很幸运，其中两位帮我把孩子顺利带到两岁多。至今想起她们，我依旧充满感激。

可是，再好的保姆，只能分担母亲日常琐碎照料工作，孩子的一针一线、一餐一饭、补锌补钙、教育启蒙，必须妈妈亲力亲为，以为保姆能够搞定一切的姐妹，趁早打消偷懒的主意。

另外，好保姆就像好搭档一样难求，每次都能找到好保姆的概率，不比年终奖超过预期大，而且保姆会因为各种意想不到的理由辞职，比如，家里收麦子，老公有了新事业，儿子要结婚。这时，你要屏住呼吸，微笑面对孩子抗拒新阿姨的现实和乱成一团的家。

宝宝两岁半时，我信赖的中介推荐了一位五星阿姨，幼师经验，普通话标准，我如获至宝开车去接。

路上，阿姨跟我聊天："小李，你家房子多大？"我说了个数，她接："上个月我才给儿子买了套180平方的。""你车不错，多少钱？"我又报了个数，她接："我儿子开的那辆40多万，早知道让他买你这款，经济实惠。"

然后，她不经意说起自己哥哥的名字——如雷贯耳，本城名流，家产是我千倍。

于是，还没到家，我已经对自己的人生产生了恍惚感。

第二天，我把五星阿姨的故事告诉闺蜜，她幽幽地说："如果哪一天我被人生伤害了，也会隐姓埋名去过另一种生活。"

瞬间，我觉得自己的多疑很猥琐，决定善待阿姨。

善待的第三天，五星阿姨便向我借一万块钱，去新加坡看望已经移民的姐姐。我再次致电闺蜜："请问你被人生伤害得隐姓埋名之后，会认识三天就问我借一万块钱吗？"

她斩钉截铁：绝对不会。

再资深的中介，也有走眼的时候。

这是我用过的最后一个带孩子的阿姨。

在经历靠谱阿姨难求的真相之后，我开始在家人的帮助下亲力亲为自己带宝宝。

我不害怕吃苦，如果吃苦能够让人生圆满，我情愿喝的水都是苦的。可是，我惧怕生活失控的感觉，惧怕梦想被现实击得七零八落的不堪，惧怕再怎么努力都得不到肯定的打击——世界上绝大多数岗位都有卓越的标准，唯独“妈妈”没有。“妈妈”这个岗位永远有人做得比你更好，永远付出多少都是应该的，永远不求回报连希望人点个赞都是非分之想。甚至，“妈妈”这个岗位比销售总监还势利，再多的付出，如果孩子没有达到世俗意义的成功，没有从小便表现出过人的聪颖，没有名校毕业工作体面，那么，所有努力自动生成差评。那些出书的虎妈，胜过老师的好妈，全都是因为孩子的成功而获得社会的普遍认可。

如果你说“我的孩子虽然成绩一般，但是健康快乐”，立刻啐声一片：这也值得说？这有什么用？我身边太多的妈妈，开始的准则都是让孩子随性成长，可是一旦上了小学，便再也架不住周遭的压力，不自觉地被推进拼妈时代。

而那些高远的理想，两天没有人帮你带3岁以下的孩子，即刻成为让人发笑的空想。

曾经，我也挺瞧不上中国妈妈，直到自己成为其中一员，才真正觉得，不是中国妈妈自虐、保守、狭隘、不独立，而是中国社会何尝给予妈妈们足够的爱、尊重、理解和体谅。不要用西方妈妈的标准指责中国母亲，橘生淮南为橘，橘生淮北则为枳，我们的生存环境不足以产生优雅、得体、自信又从容的母亲。

我们的全职妈妈，被视为家庭妇女的代名词。如果不工作还带不好孩子，简直一无是处。

我们的职场妈妈，被称为“辣妈”的那些，大多是透支精力维持表面繁荣。她们不是不老，是忙得陀螺一样没空变老。

如果婚姻是一所学校，孩子就是其中难度最大的必修课。

我灰暗的描述吓到你了吧?

因为我还没有说到最重要的：即便再㞞，我也从来没有后悔做母亲，孩子，让我变得柔软，让我懂得与世界握手言和。

曾经，我大步流星向前走，无惧无畏，谁也不等，对弱小与弱势并没有多少实质的体恤和同情，我坚信人生不成功是努力程度不够；如今，我像陪着蜗牛散步，放慢脚步迁就身边的小人儿，我敬畏她的每一分成长，愿意迁就和体谅，我明白，世界不是心有多大舞台就有多大的。

为了她，我愿意认各种“㞞”，愿意把自己的梦想暂时放到一边，只为了牵着她软软的小手，慢慢地向前走。她是否比同龄人出色我不在意，我关注她是否比昨天的自己向前跨进了小小的一步。

因为她，我渐渐地像秋天午后的阳光，剥离了春天的青涩、夏天的热烈，以及冬天的寒酷，开始散发温暖和安静的力量。

结婚容易，养娃不易，且行且珍惜。

与全职妈妈、职场妈妈，老妈妈、新妈妈共勉，也多谢理解老婆孩子的各种爸爸。

# 好婚姻的标准是什么

要想过得好，
至少得在同一口锅里吃饭，
在同一张床上睡觉，
知道彼此有多少钱吧？

吃饭的时候，女友K突然问：好婚姻的标准是什么？

原本，大家已经进入饭后脑供血不足的迟钝状态，这个暖场问题立刻让现场再度活跃起来，答案五花八门：能不能三观一致，彼此还爱不爱，是否善待双方父母，对孩子的教育有没有共识，等等。为了哪一条最重要，不时小小争论。

低语中，K推推我："你说，什么是好婚姻！"

即便经常被问到各类感情问题，其实我依旧很惶恐。一是自己也不够智慧，摔的跤不比别人走的路少；二是生怕说不出振聋发聩的语录，有辱"鸡汤专业户"的盛名。就像这个问题，看着简单，怎么答呢？

想了半天，我老老实实地说："要想过得好，至少得在同一口锅里吃饭，在同一张床上睡觉，知道彼此有多少钱吧？"

K笑了："你就这要求？"

我也乐了："对呀，在同一口锅里吃饭说明有话说，在同一张床上睡觉说明有爱做，知道彼此有多少钱说明有钱花，这样都不好，还要怎样？而且，这三条真的容易做到吗？"

虽然是媒体人，但是在工作时间之外，我不喜欢敷衍聊不来的人，也不太热衷于结交新的朋友。人生成一事则太短，一事无成则太长，虽说人脉关系重要，但是经历了很多无效社交之后，我明白总有些圈子是你挤破脑袋也钻不进去的，总有些大咖是你姿态低到地上也无法对话的，总有些话题是你绞尽脑汁也接不住的，总有些人是你竭尽全力也钟爱不起来的。

与其如此，不如和有情人做快乐事，过得真实一点。所以除了工作需要，我基本上不与没有共同话题的人吃饭。

吃饭是件开心事，能够在一口锅里、一个桌上长期吃饭的人，一定不能倒胃口，夫妻更是如此。实际上，绝大多数夫妻，最多的话，都是在饭桌上说的。

两个人从同一口电饭锅里盛出热气腾腾的米饭，对着桌子上不够精致却好吃的家常菜，身边坐着个或者长大了或者依然稚嫩的小不点，有一搭没一搭地聊天。无论聊的是萨特和波伏娃，还是隔壁老王和他家阿花，还是该买大米了，还是联合国又开会了，还是过年去你父母家或者去我父母家，他们总是有话说的。

男人再身居高位应酬频繁，每周也至少得匀出时间陪妻儿老小认认真真吃三顿正餐；女人再娇生惯养或者事业至上，都得有张罗出一桌家常菜的本事，再不济，也要有用得起保姆的能耐。

家的感觉，就在一饭一菜，一言一语，一举一动，一心一意。

长期不在同一口锅里吃饭的夫妻，会断了后天的亲情。

恋爱的时候，哪怕是单人床，也要挤在一起，拥在一块。

可是后来，床越来越大，心却越来越远。人的身体，再翻云覆雨不过两个平方米吧，这么小的面积，能有多少花样？可是，温柔乡里的耳鬓厮磨是无限的，亲情爱意中的肌肤之亲是无尽的，琐碎日子里的软语温存是无穷的。

或许有很多理由让人分房睡：他打呼噜，孩子太小要妈妈陪，他晚归我睡不着，分开睡眠质量更好，甚至很多人觉得，美剧里分床睡的夫妻多了去了。但是，中国没有西方的婚姻文化，我们的婚姻信仰还是逃不开一夜夫妻百日恩，床头吵架床尾和，十年修得同船渡百年修得共枕眠。

这既是一张普通的床，更是滋养感情的温床。

心理上不再亲密的两个人，做不出亲昵的举动。揽腰牵手，互捏脸蛋，挽着胳膊，钩着脖子，小鸡啄米式的轻吻，只会发生在同床共枕的亲昵夫妻和伴侣之间，不然，恋爱的时候，怎么不分床睡呢？那时，即便开房，都要往同一张床上蹦跶吧？

能够在一张床上同眠，不怕对方见到自己没刷牙没洗脸的样子，不怕对方知道自己早上要在卫生间捣鼓一小时，这得是多么强烈和强大的爱与依赖。

金钱和道德是一个人的底牌，愿意让你知道他的底牌，需要足够的信任。

婚姻里，钱是必需品，爱是奢侈品。没有爱，心灵枯萎；没有钱，肉身不在。

作为最早的社会组织，“夫妻”起初便是一个经济共同体，无论父系氏族还是母系氏族，男女搭配在一块儿最单纯的目的不过是为了既采到果子又打到野兽，过上有荤有素能够果腹而且营养均衡的日子，然后是繁衍后代，再然后，在猿脑彻底进化成人脑之后谈起了感情，男女之间有了爱情的美好和甜蜜，这样的情愫被文字投射之后，才变得精彩绝伦。

让一对夫妻紧密联系在一起不可分割的，有时候是爱情，有时候是孩子，有时候是金钱。甚至我们绝望地发现，那些因为经济利益而捆绑在一起的夫妻，婚姻倒真流露出“情比金坚”的笃定——感情会改变，孩子会长大，社会关系会变迁，而稳固的婚姻却是，你有了他就足够就无憾，他是父母，是子女，是友人，是同僚，是男欢女爱，也是高级合伙人——这是我的朋友高老师说的。

爱情的属性令其难免短暂，若要长久延续，就需要更多的支撑，以及建立在共同目标上的相互依赖，不论这目标是心灵投合、家族繁衍、权力追逐还是财富共赢。

婚前协议并不冷漠，那是一场明着来的婚姻契约；婚后隐匿才可怕，那是一次暗地里的单方爽约。

我们中的绝大多数，知道对方究竟有多少钱吗?

同一口锅里吃饭，同一张床上睡觉，知道彼此有多少钱。

在我有限的经历和眼界中，这三个标准，全都做到，即便没有华丽的包装，婚姻状况也差不到哪里。如果一个做不到，夫妻多少有点问题；两个做不到，可能问题不小；三个都做不到，那根本过不下去。

有人问我，你一个学中文的女生（请允许我像台湾姑娘一样，叫自己一声“女生”，哈哈）为什么不写点深刻的东西？为什么不在文章里引个经据个典，说点高深的话，让大家也知道你其实是念过书的?

我想了一下，对呀，我打小就会背《三字经》《弟子规》，唐诗宋词元曲也粗懂一点，为了显示有文化逼着自己看过一半二十四史吧，西方小说倒是大学书目上列出来的都读完了，每年至少阅读80本书，我干吗不把文章写得高大上一点呢?

只是，书看到现在，生活过到如今，我越发觉得，成熟的标志不是会说大道理，而是开始去理解身边的小事情，去体谅周遭的不得已，去咂巴生活本来的味道。

有多少肺腑之言，还有切肤之痛，其实都是小事情。就像那些最复杂的问题，真正的答案，往往是最简单的那一个。

突然收到女友K的微信：你那三个答案，我越想越心慌。

Chapter 4

# 幸福和什么有关

漫长的岁月中，有太多细碎的艰辛，
需要一个女人百炼钢成绕指柔般去化解。

## 悲喜不再被男人左右，是女人的另一种气象

生活并不是只有爱情一个选项，
岁月也不是只有男人一个标签，
人生更不是只有婚姻一个标准答案。

在我穿不起香奈儿的时候已经开始喜欢香奈儿，不是因为她的海报铺天盖地，而是，她让我看到一个独立女子的独到精彩。

或许我们都曾有过绯色的少女梦——遇到仰视的男人，被他欣赏、鼓励、包容、迁就，一帆风顺相亲相爱漫步人生路。只是越往后越清楚，自己的梦只能自己做，自己的梦想只能自己实现，即便是香奈儿。

亚瑟・卡伯是扭转香奈儿命运的伯乐，当其他女人都戴着缀满羽毛、华丽沉重的礼帽时，他发现她戴着只装饰一根羽毛的帽子特立独行，他资助她在巴黎开帽子店，专门为贵族女性设计独特的帽子。

难得的是，100年前的香奈儿已经敏感地察觉男人个性上的自由很大程度上来源于经济上的自立，她希望女人同样拥有带来经济自由的事业，更为难得的是，身边这个男人支持她，甚至给了她无数灵感和帮助。

他说服巴黎最出名的歌剧演员演唱时戴上她设计的帽子，用歌剧偶像的魅力引起整个巴黎的关注。

他递过自己的大衣给她御寒，她机灵地在镜子前比画两下，拿起剪刀，手起刀落剪下大衣领子，披着没有领子的服装，露出长长的脖颈走出门，引起一路惊羡。人们之前所穿所见的衣服都是从脖子裹到脚踝，从来没有露出过颈项，这件服装成了她的幸运大衣。

她把他的马裤套在自己身上，有了“男裤女穿”的奇特想法，设计出女式裤子，勇敢地穿上这样的裤子上街。当时正值“一战”战事吃紧时期，男人走向战场，女人走向工作，法国兴起脱下坠地华服，穿上简便衣裤的风潮，她的设计与时代风尚不谋而合，一夜之间红遍欧洲。

他以男人眼光提醒她不要丢掉女人本色，女性白天可以穿着帅气马裤，夜晚最好换上妩媚的服饰。她听从了他的建议，在大胆革除繁杂装饰的同时，裁剪贴身绣花俏丽，充分表现了女性曲线的优美。

卡伯是香奈儿的伯乐，香奈儿却并不是“王的女人”。

她有自己的事业和光华，并不是依靠阳光反射作用而皎洁的、围绕着太阳转动的月亮，而是有独立运行轨道和光亮的恒星。即便体积不如太阳大，也是自发光天体。

世界有多少“王”，就有多少“王的女人”。可是脱离了“王”的照耀，依旧能活出“女人”的精彩与光芒的，并不多。比如凯特王妃，离开威廉王子，你知道她除了会穿衣服之外的才艺吗？比如很多成功人士的太太，被介绍到这是某某的夫人时，绝大多数人才会恍然大悟地“哦”一声，大多时候，她们被体面地称作“低调”。

大多数人都习惯了某个女人因为某个男人被引入大众视线，即便这个女人本身也很优秀；所以，极大的误解是，找到好男人才是女人一生的事业。

于是，太多女人的悲喜被男人这个话题左右了。

Facebook首席运营官谢丽尔·桑德伯格的《向前一步》，连续7周位于亚马逊总榜第一，连续6周高居《纽约时报》非虚构类畅销书排行榜第一，向来以公平著称的亚马逊这样介绍《向前一步》：

> 作为全球最成功的女性之一，谢丽尔·桑德伯格在《向前一步》中剖析了男女不平等现象的根本原因，解开了女性成功的密码。她认为，女性之所以没有勇气跻身领导层，不敢放开脚步追求自己的梦想，更多是出于内在的恐惧与不自信。她在书中鼓励所有女性，要大胆地“往桌前坐”，主动参与对话与讨论，说出自己的想法，激励女性勇于接受挑战，满怀热情地追求自己的人生目标。

男人，犹如渡你一程的船，你登上这艘船并不是因为船上载满黄金珠宝，而是这艘船能够带领你驶向不同的彼岸，看到别样的风景。至于能不能站上船头，能随船行走多远，还是得靠自己，甚至船老大愿不愿意让你上船，也要靠自己。

男人和女人，其实是一场“当我足够好，才会遇见你”的对手戏，而不是菟丝花和藤萝的攀缘式户外运动，相互的滋养能够长期维系，而捐赠式的供养，真的要看运气和对方的脸色了。

所以，亲爱的女孩，生活并不是只有爱情一个选项，岁月也不是只有男人一个标签，人生更不是只有婚姻一个标准答案。

春有百花秋有月，夏有凉风冬有雪。如果你愿意站得高一点，用心融入这个世界，而不仅仅用眼睛掠影周围，便会发现，世界上最会说话的鸟类是鹦鹉，而鹦鹉是永远飞不高的，它把太多时间都用来说话和整理羽毛，而不是努力飞行。就像大多数女孩，在青春的光阴里把更多的精力用作谈一场甚至几场没有结果的恋爱，把人生的终极目标设定为找到多金优质男，实际上，把为了男人爱断情伤的精力，投注到亲情、事业、友情的经营中，你会成为优质女郎，像磁铁一样吸引匹配的爱情，在好的感情里，与对的他相互取悦，而不是单向讨好。

可可·香奈儿一生没有结婚，被她拒绝的求婚者不计其数。他们中的绝大多数来自非常显赫的家庭，富有而有教养，似乎对她也是一往情深，甚至，著名的威斯敏斯特公爵也是她的追求者之一，当然，公爵也和其他人一样最终没能如愿。

有一次，他伤心地问香奈儿："对你来说，难道连威斯敏斯特公爵夫人这个头衔也不够好吗？"

"亲爱的，你要知道，"时尚大师微笑着说，"地球上有很多公爵夫人，但只有一个可可·香奈儿。"

姑娘们，这个回答够不够扬眉吐气?

如果一个女人的悲剧或者喜剧不再被男人左右，那么，她就活出了另一种气象。

# 暖男，就是那个温度比你略高的男人

一个男人是不是“暖”，
和女人本身的温度也有关。
而暖男，就是温度比你略高的男人，
你觉得他内心有热量和力量的男人。

“暖男”自打横空出世的那天起，就是闺蜜圈的热词。

在中国传统价值观里，男人为了成就大业，首先要对女人冷起来，刀砍火烧，苦守寒窑，即便三千宠爱在一身的杨贵妃，依然在逃亡路上被宠了自己快20年的唐明皇吊死在马嵬坡；力拔山兮气盖世的项羽，轻松一句“虞兮虞兮奈若何”，就让懂事的姑娘立刻拔剑自刎，都不带劳烦他亲自动手的。

看，这就是中国广大女性仰视了2000多年的标准“硬汉”。

曾经，我也深深迷恋这种纵横天下的“硬汉”。成就功名封妻荫子，生死关头离开女人头也不回，或者为了建立大业毫不犹豫地慧剑斩情丝，觉得如此才算男人的骨气和傲气。

可是现在，目睹和亲历了很多次挫折之后，我终于明白，硬冷倔的男人是女人最不能深爱的——尤其是我这样平凡的女人。我只能深爱一个体恤我的男人，他能够原谅我、顾念我、为我着想，他面对我的眼泪也会难受，愿意在自己走快的时候等等我，也愿意在落后的时候追上我的脚步。

这样的男人，心中有柔情，嘴上无硬话，会为了两人共同的前途努力、打拼、受委屈；关键是，他的温度要比我高一点儿。

这种男人，是我心里的暖男。

不可否认，人是有温度的。

有的人寒气逼人，有的人春风送暖。这种温度和差别，绝不仅仅是开朗阴郁内向外向那么简单，这种温度，是从心里散发出来的热量和能量，也是区分男人冷暖的标志。

并不是每个女人的人生理想都是大房子、铂金包和多金优质男。大多数女人都有自知之明，明白自己没有金刚钻，也清楚揽不到瓷器活。她们承认喜欢金质暖男，但是同样承认自己得不到，她们需要的，不过是一个比自己温度略高的男人。

这样的男人，未必大富大贵，但对自己的事业有要求，不会放任自己而立之年依旧一事无成前途迷茫，即便做肠粉送快递，也能升腾起生活的热乎劲儿，也能让身边的女子觉得未来有希望而不是心慌慌，他的金钱与大部分普通女子的欲望基本匹配。

这样的男人，他有让你佩服和喜欢的独一无二的优点。有的妹子爱长腿欧巴，有的妹子爱无敌学霸，有的妹子喜欢他半夜起床跨过三条街去买猪脚面，有的妹子欣赏他人群里一喊天生是老大。无论哪一种，他都有那么一点儿让你眼前一亮的感觉。一个女人绝不会真心爱上连自己都觉得360度全死角毫无吸引力的男人，除非有别的目的，即便暖男，也不能是根处处提不起来的猪大肠，这种假暖真㞞的“伪暖男”麻烦自动隐身。

这样的男人，你跟他交流没有大障碍，你不会有事没事就在朋友圈和微博里感慨人生，转发心灵鸡汤。要知道，快乐让人简单，忧郁才叫人深邃，女人需要倾诉和发泄的渠道。假如身边的男人让你成为一个哲学家，那只能说明现实生活中正常交流不够。一个快乐的女人，才不耐烦有一搭没一搭地吐槽呢，除非她是个职业作家，吐槽能吐出稿费来。

这样的男人，和他在一起你至少不会越变越难看，不会警觉得像只触角灵敏的昆虫，也不会疑神疑鬼地眼神闪烁。即便他不帮你解决麻烦，也不会给你制造麻烦。一个越来越好看的女人，至少她的生活状态不错，至少她身边没有让她糟心的男人。

能够做到这些，基本上就是个靠谱暖男。

只是，每个女人的“暖”点不同。有人能被酷暑里送来的冰镇绿豆汤感动，有人即便你给她全家都找好了工作买了车，她依旧不以为“暖”。

一个男人是不是“暖”，和女人本身的温度也有关。而暖男，就是温度比你略高的男人，你觉得他内心有热量和力量的男人。

但前提是，这个男人首先得有先天性的“暖意”，即便两个人的寒冷靠在一起就是微温，也架不住对方实在是寒性体质，脏腑虚弱，肾气不足，寒气逼人，让你觉得自己不是个女人，而是他前进途中的路障。一个要靠女人的牺牲来成全自己的男人，再富可敌国学富五车半夜买猪脚面，心里始终都是冷的。

一个比你温度低的男人，怎么可能从他身上感受到“暖”意呢？

而一个温度比你高太多的“暖男”，你也消受不起。比如，你分明不是林青霞，却蹿出来一个逼你收下10亿豪宅还打飞的送饭的邢李原，你心里能不紧张？能不担心自己遇上了骗子？所以有的人是很暖，但明显不属于你，也照耀不到你，你像在北极看太阳，光芒辽远，纵然火热却和你没有半毛钱关系。

那样的暖男，你见不到也要不起。

暖，也是讲究门当户对的。

而大多数女人要找的，不过是比自己温度略高的暖男。

# 为什么男高管大多有个丑老婆

感情有很多种，郎才女貌璧人成双是一种，
相识于微甘苦与共，是另外一种。
其他还有很多种，按照叔本华“存在即合理”的说法，
这些都合情合理。

筱懿姐：

你好！

我是一名毕业没多久的新人。或许在你看来，我这样的女孩对工作、生活以及未来种种充满不切实际的梦想和幻想，还有困惑和好奇。是哒，我就是这样哒，哈哈。

而我最近的困惑来自公司一次隆重的聚会。

我就职于一家大型房企，上个月正好赶上公司庆典，我们公司相当注重企业文化和人性化管理，这样的场合，一般都要求与另一半共同出席。

我的震撼和不解就来源于此。我与和我同样年轻的小伙伴们惊讶地发现，几乎每个高管的太太都——哦，请原谅我的以貌取

人——至少不太好看，无论样貌、气质和谈吐都和她们的丈夫不在同一水准。倒并不是说她们的丈夫多么玉树临风体面出众，而是，他们至少具备与职位相匹配的态度和气度，可是他们的太太，完全比这个水准低了不是一点点。

当然，我知道内在美比外在美可靠，每个人的内涵并不能够通过外表体现，可是，郎才女貌总是件符合大众期待的开心事。所以，原谅我小小的龌龊吧。

祝你开心哈!

会飞的鱼

会飞的鱼:

妹妹你好。

我想，你的问题更直白点儿可能是这样的：为什么男高管大多有个丑老婆?

呵呵，问题挺尖锐，而你也没好意思说得这么直白。

没错，我们都期望看到郎才女貌无比登对的婚姻，比如高圆圆和赵又廷，他英俊得满足女人的一切幻想，她什么都不用做，仅仅是偎依在他身边，她在笑，他在看，就是一幅完美的画。

可是，他们是明星，是这个世界上的极少数，地球上绝大部分的面积，都被你我一样普通的平凡人覆盖。

平凡人不会衔着宝玉出生，一落地就长在怡红院，过着莺莺燕燕富贵闲人的生活。平凡人的每一分进步，每一分成长，都需要相应的勤奋、努力和时光的淬炼，一个人把精力用在哪里是看得到的。你的老板们，在他们还是毛头小伙子的时候，一定把更多的时间花在了办公室，而不是泡女生，不然，不会有今天的江湖地位。

我对美女没有偏见，但是，一般来说，美女是奢侈品，她们需要更多的呵护和陪伴，耗不了那个元气，就请不来那尊大神。美女今天要你逛个街，明天要你看个电影，半夜还要诉个衷肠，你有几分心思留在办公室？

样貌平凡点的女子，往往没有那么挑剔，对男人也没有太多要求。她们的生活是有时间表的，该恋爱了吧，该结婚了吧，该生孩子了吧……到点不做该做的事，自己反而会心慌。所以，当男人想着先成家后立业的时候，她们是最佳的选择。

生活像一场物种进化，即便今天看来高大上的某种珍稀花草，当年也可能不过就是最最普通的蕨类植物，简单、矮小、低微，犹如现在你眼前高富帅的他，以及白富美的她。对于这些后天男神或者女神，他的太太，或者她的先生，就像一块活化石，记录了他们人生青涩与艰难的岁月，没有那段时光，成就不了今天明晃晃的他们。

所以，我挺佩服你的老板们身边的女子。对女性而言，能陪伴一个男人的成长，见证他成为男神，是一辈子的骄傲。即便身边人都担心：你不怕他跑了吗？

为什么要怕呢？在他成长的过程中，你何尝不是感受到了无穷的正能量，而成为更好的自己？富贵同享是幸运，风雨同路是阅历。

感情有很多种，郎才女貌璧人成双是一种，相识于微甘苦与共，是另外一种。其他还有很多种，按照叔本华“存在即合理”的说法，这些都合情合理。

最后，看来你是“外貌协会”的成员，还是祝你找到一个贴心帅哥吧。

筱懿姐

# 他最珍贵的礼物

好的礼物，至少是你想要的，
或者是你需要的。平时无意透露，
对方便知情达意地送了，才是心心相印。

圣诞节前，公号里有条留言："筱懿姐，好纠结，被两个男人同时追。为了方便，就叫土豪A和屌丝B吧。土豪A的礼物是块比较贵重的手表；屌丝B的礼物很有创意，是张授权说明，上面写着我对他有随叫随到的使用特权。你说，哪个礼物更珍贵呢？我既喜欢A的多金，也着迷B的多情，最好同时兼具，姐姐你别骂我。"

亲爱的姑娘，我怎么会骂你呢？多金和多情，谁不爱这两样啊，真是说到女人心坎上了。

只是，我觉得你的两样礼物都谈不上珍贵。

土豪愿意花很多钱砸你，和屌丝愿意花很多时间砸你，本质上是一样的，那就是：都没拿最好的东西给你。

最重的礼物，是他送给你他自己最稀缺的东西。比如成功男人的时间与草根男人的金钱，都是昂贵的馈赠——这里的“成功”和“草根”仅仅是关于状态的形容词，不带有任何情感意义，千万别敏感。上面的两样礼物如果倒个个儿，土豪随叫随到，屌丝一掷千金，倒真的更用心。

而好的礼物，至少是你想要的，或者是你需要的。平时无意透露，对方便知情达意地送了，才是心心相印。

你瞧，熟女的讨厌之处就是不再藏着掖着，费力气说好听的假话。我更愿意节省时间和精力成本，直截了当表达观点，把那份客套的力气花在更值得和有趣的事情上。

男人送女人多少钱的礼物才算得上贵重?

这还真是个技术问题。

我听说过的最珍贵的心意，来自欧·亨利的小说《麦琪的礼物》。

圣诞节前，妻子德拉用一个多月时间才攒了1美元87美分，即便时光倒流100年，这也是微不足道的金额，距离一份体面的礼物太遥远。德拉有一头天赐的好头发，褐色瀑布般闪耀，为了给深爱的丈夫吉姆挑选一份珍贵的礼物，她犹豫再三把头发剪掉卖了，揣着卖头发的20美元幸福地在店铺间搜寻，为吉姆最重视的饰品祖传怀表配了条白金表链。在此之前，这块古董表一直用寒碜的旧皮带拴着，男主人甚至不好意思掏出来看时间。

德拉回家后把凌乱短发烫成了一头淘气小卷，忐忑等待丈夫下班。

果然，吉姆回家后惊呆了，震惊的原因不是妻子不美，而是：他从大衣口袋取出自己的圣诞礼物——“一套完整的发梳，纯玳瑁做的，边上镶着珠宝，色彩正好同她失去的美发相匹配”。

德拉捧着发梳闪着眼泪：“我的头发长得飞快，可是不送你一份别致的礼物我根本没法过圣诞！快把你的金表拿来，我搜遍全城才找到这个，我要看看它配在表上的样子。”

她把白金表链捧在手心，他却平静地微笑：“亲爱的，我卖了金表给你买了梳子。现在，我们做肉排吧。”

一对清寒的夫妻，住在每周租金8美元的公寓，从杂货店老板、菜贩子和肉铺老板那儿省出一个个美分，却买了两份变成废物的礼物。

可是，还有比这更珍贵和有爱的废物吗？

作为与契诃夫、莫泊桑齐名的世界三大短篇小说家之一，欧·亨利的经典不是我粗糙的复述所能表达，可是，这的确是我认为最珍贵的礼物。

女人为什么渴盼在每一个特别的日子——生日、情人节、圣诞节、结婚纪念日等等，收到各式各样的礼物？不是她多么拜金，而是她在意他心里有她的情义。

不过，既然爱收礼，就要明白收礼的规则，这个规则可不像礼物本身看起来那么堂皇和有爱。

收礼军规第一条：喜欢贵重礼物的姑娘，请接受在经济上被物化以及情感上被边缘化的可能。

土豪愿意砸你昂贵的礼物，很可能是因为他们重视自己的时间成本，并且拿你当作商品消费，他用金钱缩短交流的距离，他并不在乎和你之间真正的理解与互动。

当然，如果你渴望的是别人给予的优渥生活，这显然是个不错的机会，只是，收礼之后不要再跟人家谈感情，指望对方真心陪伴，得了便宜还卖乖难免遭人嫌弃，活在当下享受礼物也是聪明选择。

收礼军规第二条：男人能够陪伴你的时间，通常与礼物的贵重程度成反比；每件礼物都送得恰到好处的男人，往往情感经验异常丰富。

除了特殊行业与富二代，很少有男人能随随便便成功，多金的背后往往是更多的勤奋与付出，一个在事业上升期全情投入的男人，不太可能有充裕时间陪伴你左右。

而男人无论多么富有，只要他的钱不是轻松得就像从天上掉下来一样赚的，那么他本能地会对财富有先天的敏感和敬畏，不会用挥霍的方式对待金钱。

男人第一次见面就为你不惜重金地花钱，照料得无微不至，这个人最好不要作为结婚对象发展，甚至从朋友名单上删除——首先，他肯定见识过很多女人；其次，他觉得金钱可以搞定一切；最后，他拿你当作一个用钱可以砸下来的女人。

同样，大多所谓的成功男人不管多么喜欢美女，可是，真到娶老婆的临门一脚，最终选择的往往还是具备很强传统美德的女子，或者白手打拼，或者勤俭持家，绝不是眼睛盯住名牌店花钱如流水天天要礼物的姑娘。

收礼军规第三条：出来混都是要还的，收礼也要回礼。

任何领域，包括感情，不想吃亏的最好办法，就是别想着去占人家便宜——礼物并不总是让人愉快地接受，也可能变成一项无法摆脱的负累，所以，接受的礼物至少不能超过一个女人所能担负的范围，有些礼物需要以时间、情感、自由、独立、身体等等去交换，代价太大，未必值得要。

我还记得好友Y美滋滋地说起和男友分居两地的某年圣诞，在机场依依不舍送别，登机前，对方突然塞了张方片在她手里，耳边嘀咕：上飞机再看。

打开，才发现是块口香糖，上面写着：不让你一个人走。

那个男人后来成了她的丈夫。

# 值得向男人学习的事

一个遇到任何事情都不再惊慌失措，
该干吗干吗的女人，
才真正具备独立的基础——
这可能是男人大概率成为女人榜样的一件事。

我的女朋友F，阳光而健康，认识了五六年，我才知道她有一个自闭症女儿——唯一的孩子，也没打算再要。

孩子是我的软肋，也是最能触发不理智情绪的开关，所以我不敢想象她怎样走过这些年。我自责没有发现任何端倪，给予应有的帮助和关心——其实外人又能给什么呢？

她说，刚确诊时，只觉得天旋地转痛不欲生，那么漂亮的小女孩，以后的人生都不能去想。很多天，她不敢看孩子，不敢想未来，不敢出门，也没心思吃饭睡觉，一切都像浅浅的梦，随时会惊醒。

可是，她老公不一样，照吃照喝照睡，工作跑步带孩子，似乎没有受到任何干扰。有一天，她终于忍不住冲他吼："你怎么这么没心没肺啊！"

老公声音不大却很坚定："你已经这样，我劝也没用，只能管好自己。

万一你撑不住，孩子还有我。遇上任何状况，都能吃能喝能睡是项本事，这样才有精力解决问题。”

F说，那一刻她特别崇拜他，恋爱的时候都没觉得他那么帅。一个有担当的男人必须情绪稳定。想想自己，有点惭愧，在他身边，怎么着也得做个相匹配的孩子妈，她强迫自己慢慢调整成平常心。

冯仑说，人活着有几个境界，第一个境界就是修吃饭睡觉，无论出了多大状况都照吃照喝照睡，非常不容易。

对于女人这种情感化动物，糟糕的情绪埋藏在心里发酵，就像把墨水滴进清水池，不加控制随意蔓延，很快能把一缸清水全部染上灰暗的颜色。假如迅速地把墨水捞起来，失去了扩散源，水也黑不到哪去。

所以，别轻易往自己心里滴墨水，更别可着劲儿地猛灌，任由负面情绪在胸腔里扩张，再强的正能量也架不住——正能量既不是万能的也不是无限的，墨水量太大，扩散太快，多深的水池都能染黑。

我以前觉得狂奔的马最能显示马的力量，而现在，我认为比这更有力的是在高速奔跑中刹住马蹄的一刹那。克制、清醒、理性，遇到问题解决问题，不自虐不放纵不颓废，世间没有过不去的坎，最多是过得好看与难看的区分，以及心理上超越还是崩溃的差异。真爬不过去，拍拍灰换条路绕过去，同样地继续赶路。

一个遇到任何事情都不再惊慌失措，该干吗干吗的女人，才真正具备独立的基础——这可能是男人大概率成为女人榜样的一件事。

大约10年前，因工作安排我采访了一位非常著名的企业家。

生性低调和频繁的媒体报道使他对采访很慎重，我辗转联系却数次被婉拒。后来，我给他发了条短信，大意是，我是都市报记者，看了大量他的财经类专访，财经专访的主要目标是向业内同行传递经验，而都市报，则是向普通读者讲述故事，两者立足点不同，各有价值和意义，假如他同意，我将发送采访提纲，共同商榷访问内容。

这次访谈意外地顺畅。快结束时，我额外问了个问题：您觉得女性与男性在职场中最大的不同是什么?

他很认真地思考，字斟句酌地说："从比例上看男性比女性对职业的尊重度要高。非常理解女性在婚育之后精力分散造成的工作分心，可是，大多数女性在有条件全力以赴拼职场的时候也没有十分努力。"

然后，他礼貌抱歉地笑笑。

那一刻我心塞语塞。

成稿后和他确认稿件。

打开他的回复，我很吃惊：在每一条不同意见之后他做了详细批注，甚至几个有争议的标点符号也被标注了出来。结尾提出3个修改意见，都是商榷的口气，却有着专业的权威。我按照他的意见修改后再次发送完稿，他在约定时间准时确认。

3天后，我意外收到一张卡片：李小姐，谢谢你对职业的敬意。

然后是很工整的签名。

这是一个男人10年前的工作态度和标准。

女人爱做饭，可最好的厨师却大多是男人，厨神戈登·拉姆齐就是个帅哥；女人爱穿衣服，可最好的服装设计师也大多是男人，虽然香奈儿是永远的时装偶像，不过从纪梵希、迪奥先生到如今的亚历山大·麦昆、王大仁，男性名单会更长一点。很多时候，由于性别的柔化，女人的职业壁垒比较低，很快便能熟悉一项工作，可是，从熟练到卓越的过程，却是一场残酷的淘汰，金字塔顶端的位置，大多被男性占据，抛开性别的差异，专注、坚持以及对职业的敬意，或许是重要原因。

19世纪的风尚是，有身份的太太绝对不能有赖以糊口的一技之长；如今的流行却是，即便奥利维亚·巴勒莫这样的职业名媛，也以在真人秀《名人学徒》中担任主持人、拥有以自己名字作为品牌的珠宝为荣。

当自食其力变为时代的要求，工作就成了立足的本钱，谁能不对自己的饭碗保持敬意呢？即便全职太太也有岗位要求——健康，温暖，打理好全家老小的生活。

向职业致敬——无论这职业是打工、创业、在家SOHO还是全职主妇，积累自立的资本，也是值得向男人学习的一件事。

一个女人恋爱还是失恋，很容易被发现，许多细节透露了她的情感状况——剪掉好不容易留起来的长发，突然关注某个以前从未提起的男明星，莫名地微笑或者流泪，大吃大喝或者食欲全无——对绝大多数女人来说，爱情至少占据生活50%以上的份额。

可是，男人不同。

即便热恋中，他们也会因为开会推迟约会时间，和朋友吆五喝六聚会看球，忘记你们第一次见面的纪念日，毫不犹豫地出差半个月——总之，他们依旧能够专心地做眼前他认为比见你更重要的事。

恋爱的男人总是精力充沛，失恋的女人总是上进心十足。

为什么呢？因为男人比女人更清楚，生活是个多项选择题，爱情不是唯一的选项，甚至，当事业、自我、健康、人脉和谐发展之后，爱情与婚姻完全是水到渠成的锦上添花。

墨西哥最著名的女画家弗里达，22岁时嫁给年龄是她2倍体重是她3倍的墨西哥国宝级画家里维拉。

她为他放下画笔，头上包着头巾用整个上午的时间采买洗择食料，备好午饭，放在篮子里，上面盖着绣花手绢，绣着“我爱你”，用绳子吊上去给在脚手架上工作的里维拉。她的眼里只有他。她穿他喜欢的衣服，受着他的指导作画。当然，她是第一个被卢浮宫收藏作品的墨西哥女画家，却毕生都生活在丈夫那与艺术天分匹配的不断出轨中。里维拉在婚姻里和各式各样的女人恋爱，甚至包括弗里达的妹妹。

当弗里达在病中听说里维拉另寻新欢时，她撕裂了自己刚做完脊椎手术的伤口，第二天医生给她打针，甚至找不到她背上一块完整的皮肉——她想用自虐控制一个男人，他却觉得她在用牺牲勒索他的感情。

每次看到这段，我都心疼得发紧——大多数男人在吸引女人，大多数女人却在留住男人。

主动与被动的区别，简单与艰难的区分，亲爱的姑娘，你要哪一个？

当女人能够像男人那样恋爱——因为拥有爱情而灿烂夺目，却不再由于失去它而光华尽褪——才可能真正拥有独立的人格。

这，或许是男人比我们做得更好的又一件事。

假如你是女权主义者，今天让你失望了，我们讨论的，仅仅是在尊重概率的前提下，在承认性别差异的基础上，怎样让大多数女人在现实中更愉悦而美好地生活。

# 值得向女人学习的事

男人的坚强忍耐，往往是为了自己，
无论事业还是天地，这些光环只属于他个人；
女人的无私宽厚却大多是为了别人，
看到爱的人在自己的照顾下阳光灿烂，
她的幸福才会像花一样盛开。

她曾是个眉色灵动青春洋溢的华年少妇。每天晚上，当家人都入睡而鼻息均匀的时候，她便开始补缀丈夫的衣服——他从不穿外面制作的衣裤——然后用纤细柔白的手指，以她擅长的工整娟秀的花体字，把她深爱的那个比自己大16岁的男人白天写下的龙飞凤舞天书般的字抄下来。

她一边誊写，一边为书中情节的纵横捭阖与人物的悲欢离合流泪，那本书叫《战争与和平》，手稿有3000多页。而她，用岁月和爱整整抄了7遍，就是21000页。

这可不是她工作的全部。她本是一个在克里姆林宫长大的御医家的小姐，突然进入丈夫417公顷小王国般的庄园，从早到晚为家务忙个不停——组织厨子、马夫、园丁等20多个仆人劳动，平息他们之间的纷争，还照料着一个大型农民子弟学校，以及她声名显赫的丈夫无数的信徒。

这还不是她工作的全部。她生养了13个孩子，数次流产，直到43岁还在怀孕，太多孕产导致坐骨神经剧痛。而13个孩子只养活了8个，她经历了5个孩子离世的伤痛。

这依旧不是她工作的全部。一名有幸站在伟人身边的女子，智慧上岂能与卓越的丈夫相差太远？她可不能做个信息收集器，还得是个高速运转的资讯处理器，以满足才华横溢的丈夫对脑力交流快感的需求。

这仍然不是她工作的全部。她被要求看他的日记，看他在日记中忏悔和女奴相爱的故事。这个女奴就在她的农庄里干活，带着自己与她丈夫的私生子，没有人问过她的心该是怎样被凌迟般的痛楚。

他是托尔斯泰，她是他的妻子索菲亚。

现在，我们来看看值得向女人学习的第一件事：无私而宽厚的爱。

虽然到处都在取笑全身心投入爱情与家庭的女人痴迷犯傻，我依旧不喜欢浑身装满计算器般算计与揣测着的爱情与婚姻。即便男人与女人在这件事情中的基调如此不同——男人的爱大多是为了让自己愉悦，一旦遇到需要妥协与牺牲的境地，成色立即变化。

于是，人们习惯听到女人为了男人和家庭披肝沥胆忠心耿耿，即便怒沉百宝箱、自挂东南枝也是为了爱，可是一旦听到某个男人爱美人不爱江山，或者为了个把女人殚精竭虑，首先不是感动与钦佩，而是不由自主从心底偷偷溢出些微轻蔑，比如对纳兰容若、贾宝玉这种天生以对女人好为己任的男人，传统价值观悄悄为他们准备了一个时髦的词：娘炮。

真正的好男儿，应该志在四方，哪能为了“爱”裹足不前心软如棉呢？如此，便可以理解为什么“暖男”流行，因为女人实在是被冷怕了。

好友高老师的微信中说：一大早在幼儿园混迹于爷爷奶奶中，看着孩子升旗、做早操，之后奔去超市与大爷大妈为伍采购日用，这样的日子过久了，再看所有的中老年妇女便满眼友善，虽然心里强烈排斥自划为同类，但也渐渐明白：每一个用尽力气提几大袋菜的妈妈和每一位跟小贩斤斤计较的奶奶，都是值得尊重的，有了她们，才有了办公室里体面忙碌的男人和校园里健康活泼的孩子。可是，摆在她们面前的难题却是：如何让自己也保有体面、独立、尊重和健康？

我们责怪一个女人不够专注的时候，是否想过，生活里有多少事情分散了她的注意力？我们抱怨一个女人没有做到出得厅堂入得厨房的时候，是否可以把眼光转向她做到的那些事情，然后给予足够的体恤、肯定和鼓励？

历史上那些做出杰出贡献的男人，如果把他们变成女人还会那么卓越吗？比如托尔斯泰大叔，当文豪像老鹰捉小鸡一样看护13个孩子中活下来的8个之后，还有没有精力写《战争与和平》这种大部头？比如爱因斯坦，天才科学家在情书中都不忘叮嘱“亲爱的，我会把脏衣服寄给你洗”，假如没有米列娃这个妻子、保姆、同行、伴侣，他那颗最强大脑要经历多久才能到达相对论的彼岸？

男人的坚强忍耐，往往是为了自己，无论事业还是天地，这些光环只属于他个人；女人的无私宽厚却大多是为了别人，看到爱的人在自己的照顾下阳光灿烂，她的幸福才会像花一样盛开。

为什么单身女性比已婚女性更容易获得事业上的成功？因为她主动或者被动地放下了影响她奔跑的重担，她自顾自跑得欢乐轻盈。而失去了女人的成全，男人的成就与幸福要打多少折扣呢？

律师朋友告诉我，在多年的办案中，由男人提出的离婚通常都有回旋余地，而当一个女人主动提出离婚时，几乎毫无转机——在女人的能量与爱消耗殆尽之后，心里的绝望早已斩钉截铁。

所以，亲爱的男士们，请善待一个女人无私而宽厚的爱。

女友对我说：从小到大经历过各种痛，拔牙、头疼、急性肠胃炎、手被门夹被订书针订起来、外伤撕裂、阑尾炎和手术，可是，这些痛和生孩子完全不是一个级别，前者皆可忍，而后者则完全不能忍受。

如果你是个身体足够好的男人，或许一辈子都不用承受手术痛苦，可是，如果你是个女人，无论怎样娇生惯养，只要决定做妈妈，就必须经历这种在疼痛指数表上排名第一的痛——男人觉得关云长刮骨疗伤是英雄，而每一位妈妈都要当至少一次英雄。

我工作到产前5个小时，早产25天，半夜被送到医院。

验血时血液黏稠度过高抽不出血，术前又不能喝水，于是两位强壮的医生攥住我的胳膊使劲把血往针管里挤，好不容易凑够验血的量，整条胳膊乌青得我妈看了一眼就泪奔出病房。

最终，我因为血小板过少做全麻手术。听到这个消息，我大赦般松了口气，可是手术后即便带着镇痛泵，每次医生在刀口上揉压防止子宫黏连等病症的动作，也让我对疼有了新概念。排山倒海浑身冷汗，床边来贺喜的闺蜜见状刷白着脸握着我的手。

我举亲身的例子，绝不是为了显示自己多么圣母，而是疼痛这件事，如非亲历，总觉隔靴搔痒，无法感同身受。甚至，我已经足够幸运和顺利。同天入院的产妇，由于夫家坚持顺产，在7个小时的痛苦中早已忘记手上还插着吊针，针在手背里被折弯了，孩子出生时，新妈妈的手肿得像个巨大的紫色馒头，孩子脐带绕颈三圈差点窒息。医生朋友感慨，见过太多事例，生死关头千万不要把决定权交给没有任何医学常识和血缘关系的旁观者。

经历过如此疼痛，女人的坚忍和承受能力远非一般男人可以比拟，她突然具备了某种钝感力，不再觉得生活中的挫折是挫败。那些沟沟坎坎充其量只是磨炼，当她回望女孩时代感慨的困难与辛苦时，自己都感到矫情，觉得那都不是事儿。被孩子重塑过的女人，像风箱里的老鼠一般被家庭和事业双面夹击的女人，离开原生家庭在自己的小家里承受三代以上家族关系考验的女人，当她把这份心力和精力投入到其他事情中，足以把很多事情做成事业。

只可惜，她大多数情况下无法拥有双重选择的权利。

漫长的岁月中，有太多细碎的艰辛，需要一个女人百炼钢成绕指柔般去化解。

100年前出生的上海永安百货四小姐郭婉莹，在澳大利亚度过优渥童年，回国就读于基督教会中学、燕京大学，面孔美得像波提切利画里的维纳斯，婚礼筵开数百席，夫家是林则徐的后代。可是，当家里所有东西悉数充公，连结婚礼服都没剩下的时候，她细瘦的胳膊却托起了全家的生活。她穿着旗袍清洗马桶，踩着皮鞋站在菜场里卖咸蛋，独自从劳改农场回家，平静地听法院的人宣读对含冤去世的丈夫的判决书，不哭闹也不号啕。晚年时，记者问她如何度过劳改岁月，她优雅地挺直脊背：哦，那些劳动，有助于我保持身材的苗条。

这是只有一个女人才能做出的柔软而坚定的回答。

男人刚强却易折，女人的顽强反倒有百折不挠的韧性。

这是值得向女人学习的另一件事：坚强而柔韧的忍耐力。

女人身上的优点，或许不如男人先天的优势那样堂皇，可是，却完全出自人性深处的善良底色，这些，值得学习和珍惜一辈子。

上周，我写《值得向男人学习的事》那篇文章，不少朋友在微信中留言：筱懿，写写值得向女人学习的事吧，都不是大事，却是构筑生活所无法或缺的细节。

正是这些细节，让生活过出踏踏实实的滋味，而不是虚无缥缈的空中楼阁。

有人问我：你是女权主义者吗？我毫不犹豫回答：当然不是，我是女性主义者，我承认男女之间先天的差异，愿意换位思考，体谅彼此的难处，搭伙过日子。

对于女人，不是事事向男人看齐就是解放，处处和男人对立就是独立，时时和男人死磕就是个性。

对于男人，也不是事事瞧不上女人就是强大，处处挑女人毛病就是本事，时时和女人作对就是性格。

男人与女人，最终是一生的高级合伙人，也是终生的学习伙伴。

Chapter 5

# 这些真实的美好

爱情就是，无论多少对不起，结果都是没关系。
所以，我们可以在爱的名义下，接受对方任何一种模样。

# 绝交要趁早

友情，其实也像流水一样，
铁打的自己，不断变化的朋友，
改谈的就谈，该断的就断。

## 有些人际关系，只是虚假繁荣

在公开场合与顶头上司绝交，得要多大勇气呢?

几年前，我的一位女同事业绩非常优秀，但能力强的人脾气往往都不小，她也一样，黑白分明直来直往，要命的是，她的顶头上司性格也是这样，既强悍又强势。公正地说，这两位都是能人，但相处不好也在情理之中，人性都有偏执，圣人也做不到完全客观地评价自己不喜欢的人，所以，两人经常冲突，终于在开放式办公空间总爆发。

女同事对上司说："现在，所有人都知道您和我相处不来。作为领导，您有自己的胸襟和觉悟，肯定不会在以后的工作里故意为难我，但是，人要避嫌，以后和我的业务有关的事，您的参考意见得慎重。作为下属，我会对您保持工作上的礼貌和尊重，也会做好分内事。咱们在明面儿上把话说清楚，就不用私下里为难了。”

上司回答：“公事上我们求同存异，只要你保持大局观，维护好自己的业绩，你对我私人的态度，我并不在意，都是为了工作，牌摊开来打才赢得敞亮。”

从此，女同事和她的上司井水不犯河水。

大老板也知道这两人合不来，左手是爱将，右手是金牌业务，似乎哪个也舍弃不得。他主动调整管理细节，让两个人几乎不发生直接工作关系，在同一个大部门像平行线一样相安无事。爱将依旧统管全局，金牌业务做好自己的领域，工作向部门领导的副手汇报。

因为绝交都在明面儿上，其他同事相处也很简单，既不用站队也不用回避谁，大家都很坦然。

有一次，我和大老板聊天，偶尔说起这事，他说：

绝交一定要趁早，虚假繁荣的人际关系其实是人情和效率的损耗，怎么可能一辈子与所有人都合得来、处得好呢？合不来、处不好就及时止损，工作与人情反而容易处理。有一种人际关系叫：只要你不倒，你身边那些可有可无的关系就都不会倒。所以不用太虚伪、太用力。

## 圈子不同，不必强容

张爱玲曾经有个热闹活泼的闺蜜叫炎樱，可是后来，两个人无声无息地断了友情。

她们相识于张爱玲初次赴香港念书时期。炎樱本名法蒂玛·莫希甸，是个混血儿，父亲是斯里兰卡人，母亲是天津人。她生于1920年，与张爱玲同岁，活泼开朗。两人常常一起逛街、吃蛋糕、喝咖啡。炎樱家境很好，父亲开了一家珠宝店。

20世纪40年代后期，几乎张爱玲的每篇散文里都有炎樱出场，还把炎樱的日常写成了《炎樱语录》。高冷的张爱玲甚至曾经写道：“在这个世界上，恐怕只有炎樱能买到让我满意的围巾，换任何一个人都不行。她是无法替代的，可能，任何人都无法替代。”

张爱玲还绘声绘色地描写：“炎樱在报摊子上翻阅画报，统统翻遍之后，一本也没买。报贩讽刺地说：‘谢谢你！’炎樱答道：‘不要客气。’”

甚至，她后来去日本、去美国，都有投奔炎樱的意味，炎樱还是张爱玲两次婚姻的证婚人。

可是，“无法替代”的关系，到最后还是渐行渐远。

1960年，张爱玲在给翻译家邝文美的信里写道：“炎樱上月结婚，自纽约寄请帖来，对象不知道是个医生还是博士，我也没查问，大家都懒写信。”此后，张爱玲与炎樱的关系似急转直下，据张爱玲遗嘱执行人宋淇说，炎樱曾给张爱玲写过好几封信，甚至在信中写道：“我做错了什么？为什么莫名其妙不再理我？”可张爱玲始终未回。

有些研究者说，是因为炎樱爱炫富，而张爱玲那会儿正经济困难，两人因此分手。但从时间看，这个原因说不通。也有人说，炎樱曾经是张爱玲对外社交的助手，能够避免冷场，而晚年的张爱玲独来独往，几乎不需要社交，炎樱的作用逐渐淡化，所以渐行渐远。

可是，像张爱玲一样极度聪明和敏感的女人，或许只是希望过一种更加清简的生活，她与炎樱的关系纯属无疾而终，未必像旁人想象的那么戏剧化。

有人说，真正成熟的标志之一，就是意识到你的生活对他人毫无意义，他人的生活也对你毫无意义。就像张爱玲，她的后半生一直在做减法，主动删除周围不再有意义的人，哪怕曾经非常热烈，但时光不在，圈子不同，生活方式差异巨大，已经没有共同语言的“熟悉的陌生人”，删除也罢。

**人际关系也是一场断舍离**

“绝交”其实并不是一个多么激烈的词。

有些绝交像我曾经的同事一样，话说得真实又到位，从此老死不相往来，各自相安无事；有些绝交像张爱玲和炎樱，无疾而终，从此相忘于江湖。还有些关系，原本就是“不撕破脸之交”，彼此向来看不惯也受不了，没有正式绝交不是因为舍不得，而是觉得犯不着。

有个非常著名的“邓巴数字”，由英国牛津大学人类学家罗宾·邓巴提出来，他认为人的大脑新皮层大小有限，以人类的智能极限，能拥有稳定社交网络的人数上限是148人，四舍五入得出150人的数字。对于超出这个范围的交情，顶多只能记住一些人的相貌和名字，但是对对方的了解却极其有限，也没有办法通过自身的努力来促进双方的关系。

一个男性平均拥有4—5个密友，而一个女性则拥有5—6个密友，当你恋爱或者结婚后，因为要对情侣或夫妻关系投入更多的心力，你的一个关系相对密切的朋友就会有很大概率离开核心朋友圈。

友情，其实也像流水一样，铁打的自己，不断变化的朋友，该淡的就淡，该断的就断。对于绝大多数交情，只要你自己保持不错的发展状态，都能hold住。

而太累赘的交情，早点了断并没有损失。

# 哪个瞬间，她撤回离婚的念头？

婚姻关系比任何一种关系都更需要包容和克制，
因为两个人的距离和责任比任何一种关系都要近和复杂，
深思熟虑做出分开的决定是一种解脱。

不知不觉职业写作已经6年，我收获了最宝贵的读者，尤其珍贵的是我们之间的讨论和交流，在这些探讨中，“婚姻”话题占据了很大比重。

坦率地说，我从来不是“婚姻制度”坚定的维护者，也不会对结婚率的下降和离婚率的上升有多么诧异，毕竟社会的发展带来更高的包容度。我对各种状态都能理解和接受，但是有一组数据让我有点惊讶：冲动离婚的后悔率接近50%，而现实生活中，冲动型离婚所占的比例越来越大。

也就是说，这部分夫妻本质上的、长期的、积压的矛盾并不多，只是因为一时的情绪而结束了婚姻，这就让人惋惜和唏嘘了。

于是，在41岁生日之前，我采访了几位分别是21岁、31岁和41岁的女性，询问她们是不是有那么一个瞬间，打消了离婚的念头，而且现在过得也不错。

以下是她们的回复。

### 1. 思琳 31岁 结婚5年

我和老公都是火暴脾气，吵起架来谁也不愿意往后退一步。有一次吵得实在凶，我再次脱口而出："离婚，趁着没孩子钱也好分，赶紧离！"

老公哪愿意低头呢？为了表达更坚定的决心，他直接把卧室的豪华婚纱照取下来，恶狠狠地准备把照片撕了。

结果，他找不到取照片的地方，对着结实的水晶相框研究了半天也没取出照片，烦躁出一身汗。不行，还是得把相框砸了！他嘴里念念有词："离婚就离婚，我也受够你了！"他冲进厨房找工具，拿着一把双立人的刀，用刀背使劲砸相框。

相框毫无反应。

我俩蒙了。钱和房子都好分啊，谁还愿意留着和前夫前妻的合影在人世间？

都在气头上的我们，决定立刻开车到郊区，挖个坑，埋掉这份砸不烂却让人心烦的婚姻见证。

我家在市中心，到郊区有半个多小时路程，一路上我俩没讲话，因为之前吵得太激烈，大家都有点犯困。到了郊区的湖边，瞅瞅四下没人，找了一块地开始用铲子挖。我俩这回倒是挺有协作精神，他用大铲子，我用小铲子，互相配合，无比和谐。我们自己觉得坑挖得接近完美，于是把相框扔进去，却又傻眼了：照片真的是很大，当初拍了独立摄影师最贵的婚纱套餐，还有大大小小一群照片，这个坑根本放不下。

没办法，两个人只能继续挖，简直累到吐血。

我一边挖一边说："都怪你，选这么大照片！"

老公不甘示弱："怪你好吧？！平时举着手机自拍都能捯饬半天，结婚非要照个大全套，现在知道麻烦了！"

我生气回应："就你忙，拍结婚照都能迟到，你那时候就想上天了！"

我们谁都没有意识到，这场吵架就像一次回忆，意外串联起恋爱结婚时很多细节。

我老公脾气是不好，谈恋爱时为了让着我，经常被噎得一愣，再努力从鼻子的皱纹中绽放出一个微笑。

结婚之后，这样的包容少了，大家都拿出自己最真实的一面，既是彼此释放，也是彼此伤害。

我们也不知道什么时候停止了挖坑，老公突然点燃一支烟，狠狠吸了几口，对我说："你呀，什么都好，就是性格太急躁！"

我闻不得烟味，呛回去："你不是戒烟了吗？又抽！"

老公说："不是要离婚了吗？你管我呢！"

他绷不住，先笑起来，拍拍我："算了吧，这坑挖到猴年马月？咱们回家吧！"

我还在想着拍结婚照片时的样子和情境，忍不住鼻子一酸："你再也不像恋爱的时候那么让着我了！"

于是，我们俩像傻子一样握着铲子抱在一起。

据说很多离婚来自细节：马桶盖不放下，毛巾总是摆错位置，指甲不够干净，给双方父母的过节费不均衡。

假如愿意找，生活中不合拍的细节太多，想要离婚有的是各种奇葩理由，但是决定不离婚，往往一个温暖的瞬间回忆就够了。因为那是两种心态：究竟是念着你的好，还是记着你的仇。

## 2. Linda 21岁 结婚1年

我刚到法定年龄就结婚了，和老公是初恋，实际上已经恋爱5年。他比我大3岁，是同一所学校的学长，长得帅，对我也好，甚至他的父母亲也是早婚。我们结婚时，我的婆婆也就48岁，因为保养得好，看上去和30多岁没啥区别。

我老公唯一的问题是性格内向，特别不会表达。我们这一代“95后”，家庭环境相对富裕，不太需要委屈自己，所以有点想到哪做到哪，不大会“察言观色”。

我结婚那么早，也是因为双方家庭条件都不错，早点搞定人生大事，未来更轻松。

可是结婚之后，我们经常为了老公性格内向的问题争执。比如过年时他陪我去姑姑家也是没几句话，甚至连表情都没有，让我非常尴尬，回家冲他发火：“我知道你不爱说话，但你笑笑总可以吧？姑姑都直接来问我了，说你是不是心情不大好。”

老公还是淡淡的，说：“我笑了啊，不过是幅度不大，你看不出来吗？”

我特别生气，把门砰地关上，大声叫：“你就在外面练习笑吧，你要是学不会笑，我们就离婚！”

于是，我在房间里翻箱倒柜找结婚证，生怕自己下半辈子要和一个不会笑的傻子在一起。

拿着结婚证，我出来找他。

他在洗手间，认真地对着镜子练习“笑”：嘴角上扬，露出8颗牙，手边还放了把尺子，量嘴角的弧度。一下子，我想到学校里那个有点傻气的学长。

他转过脸对我说：“老婆，你看我也很努力了，假如今天学不会笑，你就再给我点时间，明天再考虑离婚，好不好？”

我的心似乎一下子柔软了。

我是个非常害怕孤独的女孩，还很黏人。老公给我最大的安心就是，他总会陪着我，不用我操心就帮我解决掉那些麻烦。其实我自己也OK的，但愿意依赖他这件事，能让我知道自己始终爱着他，也被他爱着。

他从来不是事业心多强的人，我也不是，所以我们在20多岁时就决定过轻松而普通的生活。都说这时的婚姻不扎实，自己都不明白想要什么，可是我们的社会变化那么快，就算你知道自己向往的生活，就能确保不会变化？

既然未来总是未知的，为什么不好好把握当下这一刻呢？

年轻的我，和我年轻的老公就这样生活，没有离婚，我们一直挺甜的。

### 3. 刘婷 41 岁 结婚 14 年

母亲的生病，打乱了我的离婚计划。之前，财产和孩子，我们什么都分好了。

我和丈夫都是中国第一代独生子女，到了我们的年纪，一切变得索然无味，而又必须计算：孩子的养育、老人的照顾、社会的形象都摆在面前，自己的需求反而退居幕后。

我妈妈是心脏方面的毛病，说起来很复杂，我和丈夫一起听着医生的嘴上下翕动，告诉我们最好的预期和最差的前景，让我们选择用进口药还是国产药。进口药副作用少，人也不痛苦，但是不在医保范畴。

我还没有来得及表态，丈夫已经脱口而出：“医生，给我妈用进口药。”

说完，他悄悄握了握我的手。我俩在此之前已经是多年无性婚姻，这么亲密的举动让我第一反应是不适应，然后才缓慢地涌起感动，还有一种迟钝的安全感——觉得自己是有依靠的。

彼此支撑，或许就是中年婚姻的价值。

筱懿，你让我聊“究竟哪个瞬间挽救了婚姻”，我可能是所有叙述中最简短无趣的吧？因为真实都很简单啊，只有谎言才需要层层包裹，便于看上去像真的一样。

写作是一项漫长的工作，尤其文字比语言更深思熟虑，所以我有两项非常大的收获，那就是：“不再冲动”和“更加包容”。

不再冲动意味着我的每一个决定都是思考过的、不会轻易更改，更不会今天拉黑一个人，明天再把对方放出来，那太折腾。我的爱憎、信任和选择都是鲜明和坚定的，这样的我几乎不会后悔。

更加包容意味着，懂得欣赏与你不同的人生状态。

你热烈，却依旧理解淡泊；你温柔，却仍然欣赏奔放；你结婚了，却还是能和未婚女孩们打成一片，认同她们追求比你自由度更高的生活；你确定单身，却不排斥身边优秀的已婚女性克制地讨论孩子和丈夫，为她们的幸福由衷开心。

无论婚姻关系、血缘关系、朋友关系还是合作关系，这两个原则都让我受益匪浅。

而婚姻关系比任何一种关系都更需要包容和克制，因为两个人的距离和责任比任何一种关系都要近和复杂，深思熟虑做出分开的决定是一种解脱，而冲动之下结束婚姻很多都是错误，毕竟这个决定很可能影响某个人的一生。

# 爱是一件包装精美的礼物

我们的爱，更多时候像一个包装简陋的日用品，
实用而未必令人愉快；
甚至，有时还像一枚锋利的刀片，
用不好伤人伤己。

很久没见好友Q，打电话过去求见面。她笑声清朗地答应了，约在古玩城一家经营各色奇石的馆子喝茶。

Q比我先到，我进门时她端坐在古色古香的中式座椅里，膝盖上放着黑黝黝的木质托盘，盘里是散落的星月菩提、绿松石、蜜蜡、精巧的象牙勒子。她正仔仔细细按照老板的指点，串成108粒的挂件。

她全神贯注跟着老板学打中国结，眼神诚恳温柔，全然没有发现我已经站在面前："你这是要开店的节奏吗？"

Q一惊，随即笑答："哪儿呀，老公搬新办公室，表个别致的心意呗。我总不能送个鼎，写上'千秋大业'吧，哈哈。你看这个多好，精致轻巧还方便携带，又是我亲手做的。"

她把串好的那部分珠子拿起来，得意地对着窗外的阳光欣赏，快乐得

像个孩子。

Q是我见过的在经营感情方面最用心的女子，无论亲情、爱情还是友情。

周末，她带孩子去父母家吃饭，必定采购全各种日用，夏季有贴心的驱蚊水，冬天是温暖的暖宝宝；她对孩子极少不耐烦，宝宝实在太淘气，她总是半开玩笑对自己先念叨“镇定镇定”，然后换上寻常的表情语气和孩子沟通；她的丈夫，由于工作关系常年在外地，每次他回家，她都尽量协调好时间亲自去接，路过他最爱的咖啡馆时打包一杯美式清咖，或者在家里煲好汤羹装在保温杯里，他一下飞机，就能感受到她“心里有你”的牵念；每次和朋友们聚餐，她准会发贴心短信：“开车没？要接吗？”聚完再把顺路的朋友一一送回。

我曾经诧异她的仔细，她微笑，解释并不是天生细腻，而是犯下不可弥补的错误之后的醒悟。

Q从小由爷爷奶奶带大，奶奶脑溢血突然去世。她没有见到奶奶最后一面，没有亲口对奶奶说过“我爱你”，厨艺不错的她没有为奶奶做过一碗哪怕最简单的面，甚至，一向温顺的她难得几次无明火，都是冲着最疼爱她的老太太——老人早已年迈得听不懂她谈话中的新鲜词，却本能地希望了解她的生活。这种啰嗦和落伍，时常招来不耐烦的敷衍。

Q说，跟奶奶告别的时候，她第一次明白世界上真有痛彻心扉的难过，真有噎破喉咙的悔恨，真有不能挽回的酸楚。当你看着自己的疏漏成为永远无法弥补的遗憾时，对于“爱”本身，以及“爱”的表达方式，会重新检讨和审视。

是的，我们总是觉得只要有发自内心的诚恳和深情，“爱”必然是件让人愉悦的礼物。经历过那些因爱而生的伤害，才发现爱不仅要有内在丰满的质地，也要有外在妥帖的形式，无论多么诚恳真挚的感情，在简单粗粝的表达下，都不会带来太多愉悦。

甚至，生活里各种各样的压力早已让我们疲于应对，回到最熟悉温暖的环境，卸下外面的盔甲，我们立刻变成真实懒散乃至有点粗暴的家伙，对旁人说过的温柔话，做过的体贴事，存过的宽容心，很难在最亲近的人面前表达。我们中的大多数，在至亲面前，反而是个有点暴躁和不耐烦的忙人，异常地苛刻与吝啬，对伴侣、孩子、亲友高标准严要求，顺耳的话却说不出多少。

我们的爱，更多时候像一个包装简陋的日用品，实用而未必令人愉快；甚至，有时还像一枚锋利的刀片，用不好伤人伤己。

有一阵子，我特别迷恋马克·夏加尔的画。那些奇幻独特、色彩丰富夺目的帆布油画犹如一场不愿醒来的梦。可是，当我读了他的传记，梦立刻惊醒。

夏加尔的父亲是一位卖鱼小工，常常把被欺侮的苦怨撒向更弱势的孩子，他在他们酣睡的床前举起皮鞭，给他们零花钱的时候故意撒得满地都是，充满施舍的倨傲。可是，在孩子们眼里，他对他们动粗的手也时常托着糕点和糖果，那就是孩子们的节日，于是，孩子们说服自己只记得美好，自动过滤掉那些粗暴的寒意。

我瞬间就被这段内容打动得心酸，想象一个孩子在凶横粗鲁的语境中，要鼓起多大的勇气才能确信，最亲近的这个大人是爱自己而不是伤害自己——很多时候，孩子并没有过错，只是大人们把搞不定世界的火气和怨气倾泻在他们身上。

Q说，她不是交际家，生活里最重要的人无非父母、丈夫、孩子和几个合心意的朋友。她希望这些最亲密的人从自己的声音、语气、行为和点滴的关切里感受到她的用心，这份用心就是“爱”最美好的外衣，穿上好看外衣的“爱”才能让对方内心充满被爱的自信，而不是惶恐的猜测。

每个人都有被生活虐出的烦躁，应对繁复工作之后的疲累，周全复杂人际关系以后的敷衍。只是，当这些负面情绪被泼洒到最亲近的人身上时，爱就变成了粗糙的伤害，很多人都被这种包装简陋的爱扎过手。

据说，“一战”时一位军官给家里发电报，钱不够，要删除三个无关的字，这个男人毫不犹豫地对电报局的打字姑娘说：“把最后那句‘我爱你’删了吧。”

打字姑娘从柜台里抬起头，看着面前木讷的男人，麻利地说：“先生，在我看来，这三个字才是最重要的。不用删了，这钱我帮您付。”

或许你认为不重要的，恰恰是别人最需要的。

还是好好地给爱找张包装纸吧。

# 原来爱情有不同的模样

爱情有另外一种样子，
是两个人在一块即便不说话也不觉得别扭的样子，
是你坚信世界上有一个人从来不会背叛你的样子，
是即便不热烈却无限踏实的样子。

今天，听到两个温暖的故事。

当我打开公众号平台的时候，看到同一位订阅用户发送了12条信息。或许大家不知道，在公众号平台里，每条微信回复最多不能超过140个字，这位姑娘用12条信息分享了她的经历。

她是一位来自湖南、目前定居在新加坡的典型“80后”女子，丈夫是新加坡人，他们结婚6年，却在2年前开始考虑离婚。

为什么要离婚呢？她是这样描述的：

“我是一个开朗热情的女子，精力充沛活力四射，每天清早，我哼着歌出门晨跑，一般跑8公里左右。回到家，我会用最开心的声音对躺在床上的那个人说：‘Honey，我回来了！’然后把汗津津的脑袋凑到他面前。通常，那个人微微睁开眼睛，看我一眼，慢吞吞地说：‘如果你跑了16公里，或许我就可以多睡会了吧。’可想而知，我的热情立刻就熄火了。”

这个让她热情熄火的男人，比她大14岁，他们曾经也有聊不完的话题，也有火花四射的对白，也有火星撞地球的倾心，可是，在婚姻里，在若干年之后，一切都变了。

他变成了一个42岁的寡言男人，她却是个28岁依旧热诚的女人，甚至，随着年龄的增长，他们的差异越来越大。她习惯早起跑步，他喜欢自然醒后栽花种草；她痛恨一切家务，他总能在厨房里找到无穷乐趣；她是喜欢天南海北旅行的行动派，他是热衷在脑袋里海阔天空悠游的思想者；她觉得生命还有无限精彩，他觉得生命最大的精彩是两个人一起造出既像他也像她的小人儿……

总之，两个人犹如一对异性合租的伙伴，生活在同一屋檐下，却过着南辕北辙的日子，不再有相近的兴趣爱好，很难共同完成一件事，甚至包括做爱。

在某个她继续跑步、他继续睡觉的早晨，她提出了离婚。

他沉默了整整一个白天，晚上对她说，他同意。

于是，他们按照新加坡的法律流程着手离婚。

她告诉我，直到那个时候她才发现，在新加坡，离婚是件多么费时费力的事：为了防止双方草率离婚，或者强势的一方为所欲为，在新加坡办离婚的前提是双方的婚姻关系不得少于3年。如果婚后不足3年想要离婚，必须先获得法院许可。

整个离婚手续大概需要6到8个月，程序上，离婚申请人必须提出至少一个导致婚姻破裂，并且已经达到无法挽救地步的理由，包括：对方有通奸行为；对方行为不合理以致无法忍受；遭对方遗弃不少于2年；双方同意离婚并至少分居3年；单方面申请离婚的，证明与对方分居至少4年。

而他们，似乎都不符合。

相爱却无法相守是无奈，多少还有点遗憾的美感；不爱却无法分开，简直就是受刑般的煎熬了。

在她想着怎么能够成功离婚的时候，她的一位闺蜜到新加坡旅行，住在她家里。

半个月后，闺蜜离开，在机场咖啡厅，闺蜜说了让她一辈子都无法忘记的话：珍惜你的丈夫，他是个难得的好人。

在闺蜜看来，她家的花园总是开满时令的鲜花，她家的厨房总是一尘不染，她家的客厅总是清洁温馨，甚至，她空中飞人一般频繁地出差，回到家只要把行李往地上一扔，便可以大喇喇地上桌吃饭。

你眼里稀松平常的场景，却是别人心里独一无二的美景。

闺蜜登机前捏了下她的脸颊，嬉笑之后异常郑重地交代：爱是一张信用卡，不要任性透支，透支完了爱的额度，你再也不会拥有爱的信誉。而老天，不会总是眷顾你，总是发个好人给你。

回到家，她确实重新发现了这个朝夕共处近7年的男人身上的优点：难得的宽容与包容。

她对我说：爱情是什么样子？从前我以为是生死相依不离不弃的样子，是甜蜜时光你侬我侬的样子，是牵着手说着话一起为了共同的目标努力的样子。可是现在，我知道，爱情有另外一种样子，是两个人在一块即便不说话也不觉得别扭的样子，是你坚信世界上有一个人从来不会背叛你的样子，是即便不热烈却无限踏实的样子。

现在，他们在努力造人中。

我为他们高兴。

中午吃饭，遇到久违的客户，他告诉我自己辞职了。

我大吃一惊。一个30岁的地产公司中高层，多么好的职场黄金时期，太出乎意料了。

他说，辞职只有一个原因：希望多点时间陪女朋友说话。

他的女朋友是个东北人，我总觉得东北女孩血液里有特别果敢的基因，比如他的女朋友，宁愿放弃一切随着他到合肥，举目无亲，没有朋友，暂时也没有找到理想的岗位，便全职待在家里，每天最重要的工作就是开车送他上班，接他下班。

每一天，女友送他到办公室门口，小鸟一样依依不舍地目送他进门；晚上，不管多迟都等在公司楼下，又像小鸟一样兴高采烈地接他回家。而他，一天工作下来已经累得不想说一句话。千万别羡慕地产公司的高薪，多年围观后，我宁可不要他们的薪水也要保留目前的自由。

终于有一天晚上，女友大哭不止，怎么哄都哄不好，鼻涕眼泪一大把，含糊不清地说：我就是想和你说说话啊！

相识多年，我了解他本身也不是个多话的人，可是他却说，当时他就决定要辞职了，工作可以再找，老婆可是唯一。

现在，两个人一块筹备着婚礼，有足够的时间说话，很幸福。

爱情是什么模样？

郎才女貌的模样？门当户对的模样？一见钟情的模样？情比金坚的模样？生死不渝的模样？

其实，谁也没有给爱情规定一副既定的模样。

他或许不如你想象中浪漫，却令你感觉出入自由，轻松随意，一旦启动爱的模式，千钧重担、万般面具都可以放下，脚可以跷在椅子上，包可以甩在客厅沙发里，因为你知道那个人永远不会苛责你。

他或许不如你梦幻中伟岸，却事事把你放在心上，必要的时刻，你才是他唯一舍不得的那一个，其他，一切都舍得。

爱情就是，无论多少对不起，结果都是没关系。

所以，我们可以在爱的名义下，接受对方任何一种模样。

我喜欢每一天听到几个这样温暖的故事。

# 婚姻里还有没有爱情

爱情，虽然是道难题，但终究不过是两个人的事。
在两个人之间积累更多的正能量，
营造只属于两个人的气场，
用最简单的模式与最复杂的世界握手言和。

公众号里有人问我：婚姻里，还有爱情吗？

问题很短，却让人心里一凛，搜肠刮肚半天，接不住。很用力的回答，对不住问题里云淡风轻的口气；戏谑的回答，辜负了问题本身的认真劲儿；鸡汤的回答，轻慢了一行字间的诚恳。

还是先讲故事吧。

**拉着你的手**

我奶奶80岁的时候，晚上起夜突然晕倒在洗手间，10分钟后被发现，送到医院，诊断脑供血不足，上了年纪而已，没有大碍。可是，爷爷从此再也不放心她一个人，哪怕是半夜去洗手间。

从此，每天晚上我隔壁的房间总是响起一阵或者数阵窸窸窣窣的声响，有点耳背的两个人用自以为很轻的声音说着悄悄话。有时候是“衣服穿好，不要受凉”，有时候是“咦，手电到哪去了”，有时候是“你别起来，没事的”。还有一次，一个人说：“不要起来，我一直念叨念叨，你听着声音在，不就放心了？”另一个人说：“你不要光顾着念叨，摔一跤，不划算。”

偶尔，我偷偷把门开条缝，见到爷爷端坐在洗手间门口的椅子上，端枪一样拿着手电。1955年就授衔的老军人，看不清他的脸，只感到空气里的认真。奶奶出来，两个人手拉着手，小心翼翼地走回卧室。

83岁时，奶奶走了。

墓碑是爷爷亲自设计的。椭圆形印度红的花岗岩被刻满密密麻麻细小的花朵，他说，奶奶的名字里，有个“芳”字。

家里的床上，永远是两套被褥。

夏天，两床空调被叠得整整齐齐；冬天，两床羽绒被码得厚厚敦敦。到了晚上，两床被褥一道平平整整铺好，爷爷说：“我们俩还在一块呢。”

## 希望你睡好

L家有各式各样的耳塞——泡沫的、硅胶的、蜡丸的。我打趣她：“你开淘宝店？”L笑说：“某人半夜呼噜声大，不用耳塞，我睡不着。这么多年，都成耳塞专家了。”

我摆弄着那些耳塞，没说话。

L玲珑剔透，接着说：“他过敏性鼻炎，有点感冒什么的呼噜声更重。他还有呼吸骤停的毛病，最好侧卧，不能仰躺，呼噜声一停，往往就是仰面朝上的姿势。我得把他推醒，叫他侧身睡。”

“这样，你还能睡好吗？”

“总比不知道他怎么样睡的好啊。其实，他经常出差，我不在，他也能照顾好自己，甚至，我们曾经考虑过分床睡。可是，夫妻俩，不就是要在一个锅里吃饭一张床上睡觉吗？那不是一张床，是一艘船，你会觉得有风雨同舟的感觉，你会觉得他不在，你就不踏实，甚至，连他的呼噜声都是安全感。”

L说这话的时候特别平淡，就跟掰扯八卦聊部新电影一样，一点没有爱的表白的隆重，充满了寻常生活的随意。他，就是个会打呼噜的男的；她，就是那个男的的老婆，仅此而已。

## 这些东西你搞不动

Y推荐我喝一种牌子的胶原蛋白，唯一的缺点是瓶盖特别难打开，每次我都要用小刀在瓶口撬一圈儿才能拧开。

再见面，我问Y："那些瓶盖你怎么弄开的？这个设计太麻烦了，每天得用刀撬。"

Y笑："那个不是我开的，每天晚上宝宝爸爸拧开给我喝。他要是出差，就提前用刀子把瓶口撬松，不打开，放冰箱里码着。要喝的时候我自己拿出来，一拧就开，还不会变质。他说：'这些东西你搞不动。'"

以前，我对Y老公印象并不好，总觉得那是个特别以自我为中心大男子主义的人，比如衣服没有及时给他熨就挂脸，饭桌上总要掌握话题主导权，和朋友交往常喜欢当老大，每次看到Y小媳妇一样亦步亦趋让着他，我都觉着不值。

不过，后来再看到这对夫妻，我相信了每一段婚姻都有自己的开机模式。

我们生活在一个对“婚姻”来说最坏的年代。

30年前，人们终其一生，不过结识几百人；现在，只要你愿意，微信朋友就能过千。庞大的基数让相遇变得简单，发现亮眼的异性就像每个月都会收到物业公司的费用通知单一样不出奇，可是，简单的遇见却稀释了情感的浓度，平均寿命倒是越来越长。一想到要和身边这个人厮守到快90岁，第一感觉不是温暖，而是心惊和怀疑：这么多年怎么过?

据说，22—35岁是离婚高峰期，35—50岁是婚姻平稳期，50岁以上离婚率继续上扬，貌似用年龄为婚姻划了界限。

35岁之前，生活尚未定型，一对原本携手行走人生路的男女在漫长的路途中逐渐走散，不再跟得上彼此的脚步，于是，分开吧；

人到中年，上有老下有小，拖着事业拽着生活往前跑，爱情成了奢侈品，不是不想改变，是变起来成本太高，hold不住的生活会像一个噩梦搅得你不得安宁，于是，就这样吧；

50岁，韶华不过如此，责任义务已尽，多少能够可着心意生活了，却赫然发现，与身边人早已无话可说。曾经以为生命中最糟糕的事是孤独终老，晚年才明白，最糟糕的事是与让你感到孤独的人一起终老，所以，鼓足勇气，分开吧。

婚姻，看起来是多么让人失望。

可是，我们又何尝不是生活在一个对婚姻来说最好的年代?

只要你愿意，一定可以和你爱的那个他在一起，宽松的社会氛围中没有过于堂而皇之的理由阻止你们成为彼此的另一半，甚至，你们可以用只有你们俩认可的方式在自己的小宇宙里生活，不用过虑外人质疑的眼光。

你们可以培养很多共同的兴趣爱好，发现这个世界上特别多的有趣的事儿，一起旅行，一起工作，一起养小孩，一起孝顺父母，一起找各种各样丰富的事情打发光阴。世界之大，所居不过数尺；弱水三千，所饮不过一瓢；人口再多，相伴不过二人；生活里热心观众虽然人多口杂，男主角和女主角却只会各有一个。

爱情，虽然是道难题，但终究不过是两个人的事。在两个人之间积累更多的正能量，营造只属于两个人的气场，用最简单的模式与最复杂的世界握手言和。

婚姻里，还有爱情吗？

问题的答案取决于，亲爱的你，相信婚姻里的爱情依然存在吗？

爱，是一朵开在悬崖边的花，谷底是付出、深陷、纠结、忧伤……你如此怕掉下去，怎么能够得着呢？

平凡生活中遭遇大喜大悲的机会不多，却需要手拉手抵御平淡的流年，把日子逐渐过好，要求日益简单，在相伴中生出烟火气十足的爱情。

最难得的爱情是陪伴，最靠谱的感觉是温暖。

人，终其一生，都不可能发现他认为根本不存在的东西，无论信仰，还是爱情。

# 敢不敢结一次以爱情为目的的婚？

真正的爱，
是一种无法替代的感情，
是必须和所爱的人在一起，
否则无法感受到幸福的执念。

大约半年前，我见过两个特别有趣的相亲的姑娘。

一个是白瘦美的才女，工作体面，家境小康，脸上带着才女特有的神情——自我感觉才华横溢，实际才智指数往往低于自我评估。做事挺有分寸，但你分明能够察觉，那是多年职业培训的结果，就跟每个五星级酒店的员工都会微笑着打招呼一样，不带多少感情色彩，只是得体的客套。

姑娘对另一半认知非常清晰："年龄比我大4—8岁，本科学历，130平方米以上的房子，年入30万，个头不低于173厘米，不戴眼镜。如果是大叔，最好没有肚腩；如果是帅哥，收入不能比我低。"

碰到一个人生规划如此明确的妹子，我非常好奇："光最后两条就刷掉一大票人，有没有可以忽略的条件？"

她扑闪扑闪眼睛，笑了："那就，'不戴眼镜'这条可以划掉。"

她笑起来眼睛弯弯的，很好看，瞬间变身暖暖的女孩，让我一下子忘了她是一个凛凛的女人。我很直接地问：“你这些条件，为什么没有一条是和爱情有关系的呀？”

她说：“我要谈一次以结婚为目的的恋爱，所以要找条件匹配靠谱的男人。爱情的保鲜期不就18个月吗？太没有安全感了。”

我知道她说的是实话，只是一时半会也想不出反驳的理由。

另一个姑娘，讨喜的小圆脸，头发长度恰好扎成马尾，显得很潇洒。马尾是特别讲究的一种发型，头发太长显土，太短显局促，对脸型和五官要求极高，不是人人都能驾驭，但是她梳这种发型很合适。

说起相亲的条件，她自己先乐了：“男的，活的，其他看对眼呗。”

我问：“真的什么条件都没有？”

女孩笑眯眯地说：“筱懿姐，咱们抗争了两千年才争取到自由恋爱结婚的权利，要求太多，岂不是又活到两千年以前了！”

一句话说得我醍醐灌顶，对呀，古往今来男男女女抗争了这么多年，不就是为了不再孔雀东南飞，争取爱谁娶谁、爱谁嫁谁的自由吗？现在怎么变成开条件列单子做婚姻Excel表了呢？

这个25岁姑娘的回答帅气得让我刮目。

最近，机缘巧合再见到两个姑娘，前者依旧单着，后者有说有笑地牵着个虽然普通，但是阳光健康的男孩站在我面前。

真心替她高兴。

不知从什么时候开始，婚姻变成了一场和爱情关系不大的行为艺术，大家不再关心两个人爱不爱，而是纠结一对男女是否匹配：我财务指数4颗星，你有多少银子？我不是孔雀女，你是凤凰男吗？我工作稳定职业体面，你混到中层了吗？我父母体健貌端，你家里也没病没灾吧？

其实，我们都明白，你只是想嫁得好一点，在生活中少一点窝心、多一点从容，工作时少一点拼劲、多一点宽松，爱情里少一点付出、多一点宠溺，朋友圈里少一点自愧不如的心绞痛、多一点我值得拥有的自信。

这些，都没错。

只是，一旦牵扯太多外在因素，婚姻就会遥不可及。谁的条件能够拼图似的和你的要求严丝合缝天人合一？你为什么就不敢结一次以爱情为目的的婚呢？

你说，那么多因为爱情而在一起的婚姻都散伙了，谁还信这个？

那么，你以为没有爱情只有条件匹配的婚姻就是幸福的吗？“过得下去”与“过得好”是两个完全不同的概念，每个人的承受能力不同，很可能甲认为薄情寡义的那个人，在乙看来就是举案齐眉。

如果把婚姻状况分成上、中、下三等：我所见过的幸福婚姻都是以爱情为基础，两情相悦，相互体谅，有了这个基础，一切都好商量。中等则是生活观念基本一致，愿意履行各自的责任和义务，条件基本匹配。差的，真是情感不和，三观不同，各走各路，互不干涉了，至于能走多远，谁也不敢说。

婚姻这场马拉松，如果没有爱情的基础，真的很难跑完全程。

有人觉得，结一场以爱情为目的的婚是犯傻，谁在婚姻里多付出更是吃亏。请问你傻在哪里亏在何处呢？

两个人在一起，最让人生厌的论调就是“不爱那么多，只爱一点点”“爱得越深，伤得越重”之类。受伤什么滋味？不就是茶饭不思心如刀割辗转反侧肝胆俱裂吗？这是多么棒的情感体验，比找不到人爱强多了。一颗没有感触的心不过是一块死肉，想要爱情，却连深厚的感触都不肯付出，便宜不带这么占的。

只有真正相爱的两个人走进婚姻后，才能发自内心地换位思考，彼此体谅和迁就，为对方变得更好。不然，婚姻就是双边外交，现在我条件好，我说了算；明天你出息了，以你为中心。这种关系，会持久吗?

也有暂时找不到真爱的人，希望先练把手凑合一下，以为爱情可以培养。

而实际上，真正相爱的恋人可能都会理解，爱情是一种化学反应，感情是一种物理反应，日久生情，生的大多是感情，感情量变到一定份上，某些会幸运地质变成爱情，但是，绝大多数感情，即便再累加也发生不了核聚变，成不了爱情。

真正的爱，是一种无法替代的感情，是必须和所爱的人在一起，否则无法感受到幸福的执念。

很可能，你被铺天盖地的坏消息吓怕了，觉得渣男横行于世。其实，这世界上无理取闹疑神疑鬼的女人，与花心胡闹始乱终弃的男人，从数量上来说基本不相上下。为什么男人口碑这么差?除了客观原因，更重要的是没事儿在网上抱怨的大多是女人，你把天涯打开，恶婆婆一堆，烂男人无数，可是，从概率的角度说，未娶待嫁的好男女更多，只是人家没工夫浪费时间吐槽而已。

生活很公平。你在人生路上矢志不渝费尽心力追求的东西，只要够坚持，大多迟早是囊中物。别怪真爱太少，只怪你从来放不开舍不下耗不起，为爱情设置太多的准入门槛，拈轻怕重掂量着付出。

如果你有勇气将爱情进行到底，为什么不去结一次以爱情为目的的婚呢?

你会发现，相爱的两个人携手抵御外在的诱惑，一起漫步人生的旅程，是件再high不过的事。

# 最坏的时光最好的人

我们经常纠结要和一个怎样的人共同生活，
或者身边的这个人够不够好。
实际上，最好的那个人，
往往是能够陪伴我们度过最坏的时光的家伙。

我身边大多是文科女生长成的文科女人，她们的特点是感性、丰富、纠结。

G是难得的理科女生发育的理科女人，她的标志是干脆、直接、果断。

她从不向我倾诉自己的情感纠结，永远开朗、达观、直视世界，直到有一天我实在按捺不住，万分好奇地问G："你真的不想对一个鸡汤作者说点什么？你真的从不纠结？"

于是，我第一次听G讲述自己的经历。

我和老公都是情感上比你们这些文科女人迟钝不止一个层次的理科生，我们从来不讨论人生啊感情啊世界啊，但是我们清楚彼此三观吻合，一起走过从大学到现在的14年。

14年里，有2年我在美国工作，有2年我周游世界，有3年我独自在上海做项目，7年的两地分居，中间若干次考验。

我在美国的时候我们还没有结婚，为了省钱，两年里他来看过我两次，我回国看过他一次，每天我们在网络上聊天。我回国那次，意外地在他衣柜里发现两套女士内衣，不是新的，而是折叠整齐放在衣橱的角落，我拿着内衣问他："这是什么？"

他表情尴尬，居然回答："我在外面捡的。"

你瞧，一个技术型理工男连撒个谎都不会，我被他气笑了，大声说："某某，我宁愿你和别的女人上床，也不愿你是个盗窃型异装癖！"

他也被我说笑了，挠了半天头，盯着地板，然后我们一起把内衣扔掉。

我从来不觉得痛苦，或者说，我从来不让自己一意识到痛苦便中断对这件事的思索，从来不去想穿那套内衣的女人是个怎样的人，三围多少，脸蛋如何。我不想知道任何细节，只让自己知道，一个两地分居的男人有正常需求，而且我们不想分开。

为了不分开，我也只能这么做，只有这么做才能真正让两套内衣在心里翻篇。

很多痛苦都是在反复琢磨后被放大的，人做事没有那么周密，不会在做的时候就想着怎么伤害别人背叛伴侣。只是当时他需要，需要就做了，做了就做了呗，这些年的感情担得起一个人的本能。

我们从不提这件事，就像它从来没有发生过一样。

这是第一次考验，我们依旧在一起。

我在上海做项目风生水起事事顺利，我信心满满踌躇满志，就连下雨天，都觉得雨点在冲我微笑，乌云里也全是阳光。

这么好的机会里，我出了车祸。

出差途中高速公路上的连环撞，我们算撞得轻的，交通迅速拥堵，车辆进不来也出不去。那时我怀孕两个月，第一次怀孕。

我觉得血像一条细细的线从身体里源源不断淌出来，又像没有关的水龙头，顺着腿往下滴，脸上剧痛，满脸是血，周围人也一样。我吓得几乎没有知觉，看着车窗外，嘈杂、忙碌，到处是恐惧的人，不知道什么时候才会有救护车进得来把我送去医院。

我再次清醒的时候，已经在医院，身边是他和我老板，他握着我的手。

老板说："你快点好起来，我加薪30%，再给你一个小组管！"

这是我下一步的职业规划，几乎也是一个女人在我们这个行业里所能走到的极限，意外达成，可我并不雀跃。

而他，握着我的手摸着我被绷带裹住的脸，撇了撇嘴："孩子没了，你脸上肯定也会留疤，可是有没有孩子、有没有疤，我们都在一起。"

理科男真的很擅长本色叙事，一句话两个坏消息，结尾却是最大的彩蛋，我扑到他怀里放声大哭，最坏的时候有人陪伴，够了。

住院期间，难得有大把时间想想我和他的那些年。

大学里我们相识，吃校门口五毛钱一串的羊肉串；我去美国工作，连父母都要我抓紧攒钱回国买房子，只有他支持我用这些钱穷游世界。他说未来很久的人生都可以赚钱，想看世界的心境或许只有这两年；于是，我在不丹徒步，在尼泊尔穿越丛林，在斯里兰卡采茶叶，在印度骑大象，在肯尼亚跟踪动物迁徙。我由着性子生活，他由着我由着性子生活，只要求我每天早晚报平安——他说，知道我安全就放心了。

我曾经觉得每天"早安""晚安"很累赘，当我躺在医院的床上才体悟，这是连接我和他的密码，比“我爱你”更平实可贵。异地伴侣，需要更强的理解、体谅和信心才能穿越时间和空间的障碍，这些问候，是两颗心里的音乐和共鸣。

车祸让我们真正成为彼此的亲人。

大学时期，他父亲去世了。我们的女儿3岁时，他的母亲再次结婚。

我原来以为这没什么，老年人找到伴侣应该祝福，直到参加完他妈妈的婚礼，他回到家一言不发。

我蹭到他身边问怎么了。

他眼眶突然红起来，说，虽然为妈妈高兴，可是，自己再也没有原生家庭了。

我突然特别心疼他，去隔壁把女儿抱过来放到他腿上，搂着他们俩：这就是我们三口之家的原生家庭。

从那时起，我心里特别踏实，我确信自己有一个普通而幸福的家庭，确信他无论做什么，我都能陪伴和原谅。

我们共同经历了那些最坏的时刻，却依旧在一起，这就是最好的事，也是最重要的事。

我听完寂然，看着阳光透过咖啡馆的玻璃窗均匀地洒在G脸上，心里安静地崇拜——理科女人比我们文科女人牛掰多了。

可是，依旧忍不住八卦一句：“在后来的那么多年，你真的没有一次想问问那两套内衣的主人是谁？”

G微笑：“为什么要问呢？在难得孩子不吵不闹，我们花前月下情投意合的时候，煞风景地来一句‘嘿，说说你和别的女人上床的故事吧’？无厘头地把现实的美好一巴掌打碎？每对夫妻的爱点、痛点、爆发点各不相同，只要想在一起，就别瞎折腾，一个负责解决，一个负责遗忘。”

我明白了G从不向我倾诉的原因，她的心脏是一台功能强劲的消化机。

即便最恩爱的夫妻，一辈子里也至少有200次离婚的念头和50次掐死对方的想法。

我们经常纠结要和一个怎样的人共同生活，或者身边的这个人够不够好，实际上，最好的那个人，往往是能够陪伴我们度过最坏的时光的家伙。

这是一个从来不讲爱不爱的理科女生教会我这个伪情感作家的。

Chapter 6

# 他们的故事

生活是一门艺术。

生活同样也是一项本事。

# 那个渡我们的人

除非你愿意，否则，谁也伤害不了你。
那些貌似给过我们伤害的人，
不过是另一种意义上“渡我们的人”。

当我们还是妹子的时候，在懵懂的年龄，大多爱过个把不靠谱的人，才子是其中特别大的一个品类。

有文艺型才子，会写诗会画画，随口哼两句手里还抱着把吉他，走哪儿少女们都荧光棒一片；

有事业型才子，能力强情商高，加班跟加菜似的，奋发图强的劲头好似微缩版卡耐基；

有学霸型才子，通天文晓地理，居然还懂数理化，简直就是为了上《一站到底》那种节目而生的；

有健硕型才子，篮球场上任何一个角落都能投中三分球，腹肌真的有6块，而不是平板电脑；

……

谁的青春不迷茫？哪个妹子不希望自己身边站着个金光灿灿的男人？至于是真金还是镀金，最好糊弄的是爱情的眼睛，毕竟，谁年轻时没有被中看不中用的才气打动过？

比如我的朋友K。

那会儿她和广告圈里著名的才子恋爱，才子才高八斗出口成章提笔能写，酒量奇大却逢喝必多，喝多了就对着至少10个人高声说着贴心话，或者在大马路上拎着酒瓶子狂吠："K，你知道吗，我爱你，我爱你，我爱你……"每当这时，才子雄壮勇武得像头藏獒，K则娇羞幸福得如同大眼睛吉娃娃。

才子是夜店金腰带，K为了跟上他的生活节奏，没少陪着，虽然大多数时候陪着陪着就歪在一边儿睡着了。

即便睡着了，她那被才子开过光的夜店本事也是数一数二，掷骰子、五十十五二十、两只小蜜蜂……足以艳压群芳，355毫升的啤酒能喝一箱，会忧伤地垂着一头直长发穿着过膝的长裙弹吉他，嘴里唱着"没有什么能够阻挡，你对自由的向往，天马行空的生涯，一颗心了无牵挂"，或者"开始的开始，是我们唱歌，最后的最后，是我们在走"。

每当这时，才子就双眼发光，好像当年秦淮河畔的冒辟疆发掘出了董小宛一样，恨不得向全世界宣布：看，这就是我的女人，美吧？有才吧？我——的！

和才子在一起的那些年，K的黑眼圈就没下去过，虽然她小烟熏化得比我牛，可是我总觉得那气质不是慵懒和特立独行，而是真的没睡醒。

才子为了寻找灵感和缪斯，基本上不看说人话的电影。经常是法国的自然主义，俩小时没什么台词，镜头还乱晃，女主角酷爱哆嗦着嘴唇和手掏出一支烟塞嘴里，或者在雨天裸奔溅得一身泥。

和才子聊天，基本上与最近50年发生的事情没有关系，除了摇滚和诗歌，有时玛雅文化有时青楼艳妓有时村上春树，当然，唐诗宋词元曲也要有。实在接不住，K会杏眼圆睁撩头发娇嗔：“你好棒噢！”

才子都喜欢娃娃脸的嗲嗲宝宝，但是25岁以后，这招基本上就不管用了，再这样，他会嫌弃你俗。

那时候，K只穿小众品牌，不仅经济差点崩溃，精神也快崩溃了。

才子说走就走，从来没想着买房，他说：不买房，买梦想。

他向往的生活样本是：骑着摩托车横穿非洲，假如摩托车在沙漠小村里坏了，索性就在那里生活两个月等着零件寄到。一边等一边写明信片，想象自己到了一个叫“彩虹之上”的地方，望着沙漠深处的血色残阳，与土著酋长喝酒，好开心啊。

虽然K乖得完全没了自我，可是才子依旧在某个毫无征兆的晚上告诉她要分手，理由是和K在一起生活他感到不快乐，想要更多的自由和创作空间。这是世界上很多才子都用过的分手的理由。

于是，K的世界崩溃了，她想到了那些同样在才子身边崩溃的女人。

如果卡蜜儿·克洛黛尔不遇见罗丹，可能会成为一代宗师，至少不会凄惨地死在疯人院；托尔斯泰夫人，才华出众，日记写得像小说，还善于持家，却被老托逼得精神崩溃，40多岁还脱光了衣服在雪地里跑；米列娃·玛丽克原本是个自学成才的残疾少女，成为爱因斯坦太太后，放弃了奖学金名额和物理学家的前程一心一意伺候丈夫，可是10年之后，不经允许，她甚至不能上丈夫的床。

崩溃之后，K终于明白，才子这个物种最大的能力，是把你身上的热量吸光，然后用最冷漠孤绝的方式转身离开。

才子是一些被上帝选中的人，向你展示才华和敏感，带你领略世界的五彩斑斓，给你水深火热的爱，让你看见普通女子看不见的疯狂和精彩，当然，他们有时还手握某些让你羡慕的资源。

只是，他们始终狂奔在自己的世界，你跟在后面跑得再累，他们也不会停下等你。

才子的爱情像自私的吸星大法，所爱之处，片甲不留。

K收拾好破碎的心，默默离开才子。

没有纠缠，并不完全因为自尊，而是明白痛苦和不舍对于才子是无用的，他们是不受社会普世价值观影响的生物。

与才子共度的岁月中，她有幸获得了一根结实的神经、耳濡目染的小小才华、在废墟上再建的勇气，以及圈子里必要的人脉。

关键，她再也不会为镜花水月的爱情赌上未来的命运。

她像换了一个人。

告别颠三倒四的生活，不再熬夜，每个周末去超市，采购各种各样好吃的——小笼包、菜肉馄饨、馒头、蛋糕，还买了豆浆机。她说，好的开始是成功的一半，早饭必须吃好。

她买了菜谱，有样学样地开始捣鼓厨艺，没多久，我就能在她铺着碎花小桌布的餐桌上吃到红烧排骨、虫草花炖鸡、可乐鸡翅、油爆虾之类难度不低的菜品。

她跟着我逛街扫货，从花市里买当季的凤仙花、山茶花回家种，从小店里淘300元以下性价比超高的换季尾货，仔细比较每一种化妆品的实际效果，然后在商场大促时囤一堆。

她从一个不食人间烟火的文艺女青年，变成了烟火气十足的城市姑娘，甚至，原先不怎么上心的工作，也被她供奉在生活的重要位置。

她认真地写文案做策划，记事本里的关键词也从“才华”换成了“勤奋”。

她敲着键盘头也不抬地说：世界上有着若有若无半吊子才气的人多了去了，靠谱的人却跟珍稀动物似的。以前，别人工作的时候我恋爱；现在，别人成家立业，该换我好好干活了。

女人意识到事业的可贵，往往是在失恋之后，化悲痛为力量，一不留神成了业界女神。

K有职业教养，有专业思路，有敬业精神，有文青情怀，最后练就了商业眼光，在职位不太可能再升了之后，她拉支队伍走上了创业路。她从广告公司起步，五六年的时间，整合了媒体资源、活动资源、客户资源，成立了自己的文化传播公司。

她的才子前男友，却在若有若无的才气中沉沉浮浮，从合肥飘摇到青岛，从青岛飘摇到北京，从北京飘摇到深圳。有时，前男友会给K发条短信："过得好吗？"

K坚定地回了几次"很好"，觉得实在无话可说，便不再回复。

唯一的一次，才子出差路过合肥。K做东道主接待，请了不少过去的朋友，订了酒店最大的包厢，吃饭、聊天，而时光却再也回不去了。热情、周到，只是大家都感觉得出其中周全的客套。

送走才子，K跟我说：人这一辈子，总会遇到几个渡你的人，把你送到曾经想都没想过的河对岸，不管用什么方式。她甚至微笑着举了毕加索的例子。

暴君般的老毕几乎逼疯了所有步入他私人半径的女人，除了弗朗索瓦丝·吉洛。毕加索的其他女人都以让他为自己作画为荣，可是吉洛不，她觉得对于毕加索，给女人画像不过是一种诱惑的方式。其他女人需要通过她们的肖像画来认同自己的价值，所以当毕加索一旦歇手不画她们了，她们的一切也就完了，而吉洛自己，从没有被封闭在自己的肖像画里，从而没有成为他的俘虏。

因为抽身得早，吉洛得以全身而退，离开毕加索的世界，重建独立的小宇宙，晚年在自己的画作前优雅地聊着创作历程。

对于吉洛，毕加索就是那个渡她的人，没有他的促狭偏执，成就不了她的涅槃重生。是的，破碎，或者重生，是与才子恋爱的女人们必做的选择。

K自己，选择了重生。

除非你愿意，否则，谁也伤害不了你。

那些貌似给过我们伤害的人，不过是另一种意义上“渡我们的人”。

# 别人的婚姻里，没有你的幸福

你的存在没有温度，

不过是若有若无的负担；

你的婚姻没有质量，

不过是法定意义的枷锁。

雅静不可能再亲口讲述她的故事，她已经在2015年5月去世。只能由我拼接她的过去。

我还记得她去世前最后一次和我通电话。她问："你觉得F会来见我最后一面吗？他会参加我的葬礼吗？"

F是她唯一的爱人，却是一个已婚男人。

所以，当时我什么也没说。

能够把婚外情坚持8年的人，都可以当特工，比如雅静和她的男神F。

我们总以为，只有美貌出众的女人和英俊多金的男人，才具备出轨的可能。事实却是，有机会被聂小倩勾引的男人，和可能被布拉德·皮特爱上的女人，同样少得可怜。恰恰是平常人才做了大量反常事，比如雅静。

她是个很普通的单身女人，不漂亮但是舒服，不时髦但是整洁，不羼利但是能干；F是个很普通的已婚男人，个头不高，还有点小肚腩，笑容温厚，待人友善，自己经营一家不大的公司，或许经济条件比普通人好一点，也是胼手胝足努力打拼出的天地，家庭生活和绝大多数人一样平淡，但是并没有过不下去的理由。

雅静和F，两个看上去最循规蹈矩的人，在一起了8年。

雅静曾经是我的客户，即便是广告业务谈判这样繁杂虐心的工作，我也没有见她表露过丝毫不耐烦。除了提案时侃侃而谈，私下里她话不多，总是很有礼貌地让别人先表达观点，有不同意见也是问大家："换种方式会不会更好一点？"

F跟她算同行。

有时，我疑惑两个谨慎的人为什么会发生反传统的感情。后来，我看到雅静写方案时专注认真的表情，听她陈述策划时精到的用语，像涓涓细流一样柔和清晰，含而不露中蕴藏小小的火花，对于F这样的创业型工作狂，应该是一发准确而迅疾的子弹。

在网络评选的婚外情高发地段中，办公室位居首位——对于事业男性，再也没有比邂逅工作上的解语花更让人心旌摇曳的了。据说，最危险的小三不是那种拥有你没有的一切的女子，而是你的升级版甚至复刻——大多数男人喜欢的始终是同款，只要出现的时间和地点恰当，比如男人正在事业发展期、长期出差或者在公司加班，身边偏巧有个和原配类似的单身女同事、女拍档或者女秘书，日久自然生情。

所以，最危险的情敌，其实是身边的凡人。

我认识F的妻子，他曾经的同事，和雅静相似度50%，现在是全职太太。

8年里，雅静辞掉原先的工作，到F的公司帮助他打理业务——在F最艰难的时候，项目受到重创，资金紧张，两个人约会谈的都是工作。多年来，F出差都是雅静接送，有时飞机晚点，她就带本书，安安静静坐在机场里等待，身边放着F喜欢的美式咖啡和红豆百合；看到任何与F的工作生活有关的资料，她第一时间转给他看；她每天把自己收拾得整洁快乐，发点自拍给F；除了工资奖金，她没有要求F以其他名义馈赠金钱；甚至，连避孕都是她吃口服避孕药，她说：一个男人把信任的主动权交到你手里，你怎么忍心给他找麻烦呢？

8年里，他们有过一次意外怀孕。当时F在外地出差，雅静打电话问他孩子能不能要，F停顿了十几秒没说话，然后，她非常自觉地自己去了医院。

她很清楚，有些权利是妻子的专属，她没那个身份和资格，对于可能会被拒绝的事，最好的方法就是不开口提要求。

雅静不喜欢对别人说私事，她愿意告诉我，或许是因为我们的空间距离远，地域上天南地北，彼此并没有实质上的生活交集，说起来反而没有负担。

我问过她有没有和F认真谈过未来，在一起还是分开。她说谈过一次，F写了封很长很长的信，坦白他所有的难处，以及曾经许下的照顾法定家人一生的承诺。

“他的家人并没有错，”雅静说，“错的是我，所以我不能去逼他。”

我心里其实很想说：男人真对你有情分，还用得着逼吗？

甚至，我不厚道地认为，F看似真诚，实际上却用来去自由的态度无声表达：我并没有让你跟我在一起，你依旧选择在一起，那么，后果请自负。

我也曾经疑惑，F的妻子真的一点都不知道他们的事？

后来我终于相信，如果摩羯座男人希望掩藏什么，被发现的概率不大——我揣测大多数特工都是摩羯座或者处女座，只有这两个星座才能做到内心翻江倒海，表面却若无其事，样貌又普通得泯然众生。

在我极其有限的接触中，F太太生活充实，每天接送孩子上学，沉浸在自己的天地，钻研感兴趣的课程，每年寒暑假带孩子到国外居住。表面上看，她应该有充裕的时间，但是我从来没有听说她去接送过F，或者跟F的生活有特别多亲密的互动，至少F在公开场合从来不提自己的家庭。

当然，我跟F太太没有熟到那个份上，我清楚很多外人看来奇葩的现象，不过是别人家里的常态。

只是，夫妻真到了相敬如宾的份上，大多不是恩爱，而是关系疏离比较好听的说法，在东方世界，从来不缺少相敬如宾情感如冰的夫妻。

可是，只要他们依然在婚姻的躯壳里坚持，就说明维系彼此的纽带没有断裂，比如孩子、经济、名声、双方家人的要求等等。中国式婚姻有时脆弱得让人发指，有时却坚韧得匪夷所思，即便一段死而不僵的婚姻，也绝非外力能拆散。

不幸的是，雅静得了乳腺癌。

一个得了癌症的小三，听起来多么解气。可是，我是她的朋友，我还是心疼她。甚至，她除了当小三这个硬伤，其他方面都是非常体贴的女人，担得起“朋友”这个称呼。

不是每一个小三，都丧尽天良、心机深沉，盯着别人的丈夫和财产，用尽手腕为下半生挣一份养老和生育保险；也不是每一个原配，都生活不能自理，乐于在行将就木的婚姻里终老。

这种两难的局面，症结不过是那个男人。

大多数男人以为自己的存在就是对恋人的善待，给出一份完整的婚姻就是对伴侣的尊重。呵呵，你真的确定吗?

你的存在没有温度，不过是若有若无的负担；你的婚姻没有质量，不过是法定意义的枷锁。

破烂不堪的感情和婚姻里，往往有一个既放不下情又舍不得钱的男主角。

给足爱情，女人有情饮水饱；给足金钱，女人将识时务地闭嘴。

一个男人的自私，却需要两个女人的憋屈来成全。

爱，是立体的情感，不仅仅是两情相悦那么简单，而是包含着多元的意义。比如，他有没有替你的未来考虑，有没有为你的生活打算，有没有把自己当作你的亲人照顾你、挂念你、体贴你，你生病的时候，他会不会放下比较重要的工作陪在你身边。

爱是上了床烈火金刚，下了床细致体谅。情绪里善待，内心里珍惜，即便天各一方，你都有自信在对方心坎上。

仅仅你侬我侬的吸引，对身体的迷恋，只是荷尔蒙指数暂时性飙升，无法带来持久的圆满。

我从鸡飞狗跳的忙碌生活里挤出时间，陪雅静去医院。

她依旧话不多，安静地坐着，有一搭没一搭地和我聊两句，不时关切地问我：你渴不渴？要不要喝水？好像病的那个人是我。

我被她的懂事搞烦了，忍不住抢白她：你有完没完？先关心好你自己，别人的婚姻里就有你的幸福吗？

她看看我，不讲话。

谁不需要狠狠心咬咬牙跺跺脚向前走的决心呢？我知道自己心里在流泪。

F也陪雅静去医院，正是去医院被熟人撞见，F的妻子才发现这段隐藏了8年的婚外情。只是，这个小三也没有多少日子了而已。

F的妻子没有大吵大闹，她很平静地要求F和雅静分开。她说，出轨不对，并不能因为雅静得了绝症就来美化出轨这件事，把这变成一场绝恋，她更不希望未来的岁月，一个已经死去的女人霸占着丈夫的心底——感情里，最可怕的就是这种竞争对手，被离别或者死亡美化后反而成了永恒。

脸谱化一坏到底和善始善终的剧本早已不流行，生活的原型有着普通人的体贴与局促。一个结发的妻子，一个陪伴自己走过人生低谷却已经没多久生命的恋人，的确是两难选择。

坦率地说，我非常理解F的妻子，她发现这件事情后并没有声张，给雅静和F都留下了最后的体面，也懂得捍卫自己的权益，只是，作为雅静的朋友，我也希望她最后不要太伤心。

从被妻子发现，到雅静去世，大约半年的时间，F几乎没有再去看过雅静。他往她的卡里存了一笔钱，雅静从来没有告诉过我这是多少钱，够不够她看病，够不够她安排父母的未来，够不够补偿她8年来付出的情感、心血和工作。

大约在去世前一个月，雅静在电话里和我长谈，语气有些呜咽地说：幸亏有个弟弟，能够照顾父母，已经把房子、存款之类全部做了安置。

然后，她沉默了很久，突然问我：你觉得F还会来看我吗？F会来参加我的葬礼吗？

我心里有答案，却什么也没说。

我去了雅静的追思会，她在黑白照片里安静地微笑，全场哭得最伤心的是她的父母，白发人送黑发人的哀伤已经无法用悲戚表达，而必须用号啕发泄，她的母亲现场哭昏过去两次，被父亲和弟弟紧紧搂在怀里。

而F，他出国出差了。

他走之前安排公司的行政总监带着其他员工一起参加了雅静的告别仪式。行政总监一直协助雅静的家人办理后事，他甚至还很有心地安排了大量精致的花圈，用雅静生前最喜欢的香槟色玫瑰，花材讲究，每一朵都饱满而娇艳，望上去价格不菲。

雅静的葬礼隆重、深情而体面，不明就里的雅静家人对每一位来宾说着感谢的话，尤其是F派来的行政总监。

我看着他们苍苍的白发和真诚的眼神，心里针扎一样。

雅静去世后，我和F再无交集。去年年底听说，他和太太生了第二个孩子，是个女孩，正好凑成一双儿女。

生活是一门艺术。

生活同样也是一项本事。

和雅静一样沉浸在别人的婚姻中的女人，你确定那里有你的幸福吗？

# 芭比脸和金刚心

生活很忙，软弱和忧伤无人观赏。
或许只有金刚芭比，才会给生活一个飞吻，
告别此岸的忧伤，游向彼岸的天地。

当我看着她利落地换上一张CD，时间仿佛倒流回了23年前第一次见到她的下午。

那天，我像大多数12岁刚上初一的孩子一样，在干休所红色的砖墙前跳皮筋，一个白得晃眼的阿姨走过来微笑说："你是隔壁的小孙女吧？"

我点头。

她是隔壁的儿媳妇。

我从妈妈和奶奶那里听到了更多关于她的故事：因为她的检举，她曾经的男友经济犯罪被判刑。如果不是因为犯罪以及这个男人被她发现和别的女人劈腿，我想她是准备和他一生一世一双人的吧。男人入狱前叫嚣绝不会放过她，于是她很快把自己从W市嫁到H市。

可想而知，连我们都知道的这段故事不会让她在家里受到多少尊重，至少她婆婆经常向我奶奶长吁短叹。

但她却是我的福利。

在她的抽屉里，我第一次看到《国际银幕》《环球银幕》《ELLE》，为费雯·丽、嘉宝、赫本的美惊叹；她还没有孩子，于是，在爷爷家过暑假的我成了她的宠儿，她带我去环城公园边儿上纳凉，那个年代，绿色阳伞和白色镂空室外桌时髦得不行，她姿势优雅地咬着吸管喝小玻璃瓶儿装的雪碧。我羡慕地看着她从小小的背包里取出大红色的口红，点亮小山一样的唇峰。

她会举着钟楚红的海报，对我说：看，这个女人多美！

我第一次在电影院里看奥斯卡获奖影片，是她带我去看的——《沉默的羔羊》。

也是从那时开始，我关注每年的奥斯卡电影、音乐和演员，无论他们的名字多么拗口。

她很快怀孕了。

我再一次见到她，是第二年的大年二十九。她坐在炉子前煎蛋饺，跳动的炉火映照着她大大的肚子和圆圆的脸。她微笑着对我说："你很快会有小弟弟或者小妹妹了。"

但我不怎么高兴。我想，她以后带我喝汽水看杂志的光景一定越来越少，心里浅浅地嫉妒。

又到暑假了。

她的孩子见风长成了白白的胖娃娃，我则成为一名轴得不得了的13岁少女。她的家里，严格地说，应该是她公公婆婆的家里，却常常传来她和她丈夫尖锐的吵架声。

她婆婆见了我奶奶就掉眼泪，我知道能让红军家属流泪挺不容易的，当年过草地的时候她们都没哼过一声。

她婆婆说：瞎折腾，放着好好的日子不过，去承包电话亭，还炒股。

她是合肥第一批承包电话亭的人，也是最早一批股民，传奇的是，这两件事她都做成了。

可是，我没有想到的是，没两年当我再次背着暑假作业来到干休所熟悉的院子时，便听到凄厉的喊声——她和丈夫厮打在一起，她显然打不过那个高大的男人，拳脚中涕泪纵横面目模糊乱发纷飞，眼神疯狂中带着绝望。

后来，她的丈夫被邻居拉开，她却突然拼尽全力撞向门前的一棵梧桐树，瞬间头破血流，被抬进了房间。

我惊呆了，想，她为什么要撞树呢，多疼啊。

很多年后，当我经历了人生真正的疼痛之后才知道，那不是痛，是幻灭。

她离婚了。

得到了女儿，和每个月二十几块钱一次性付清到18岁的抚养费。

这都不是关键，关键在于，她很快像美剧一样在干休所隔壁的别墅区买了一栋花园洋房，楼上楼下，比她前公公的房子还大。

我震惊不已，原来炒股和承包电话亭能赚那么多钱。

她的女儿每个月回干休所看望一次爷爷奶奶。这个小小的人儿每次省亲都要引起轰动，街坊邻居纷纷跑到她身边，啧啧有声地翻看她身上昂贵的童装，用各种各样的方式套孩子的话，比如：有没有叔叔到你们家呀？你妈又带你去哪儿玩了？这衣服多少钱啊？

终于有一天，邻居们满意地得到惊天八卦：一个小她9岁的男人带着不到1岁的孩子和自己的爸爸住进了她家，她请了两个保姆，一个照顾和她没有任何血缘关系的老人，一个照顾男人和离了婚的前妻生的孩子。

人们压低嗓门眼神闪亮地讨论她的故事，全然不顾她的女儿也不过是个孩子。

在青春期的我眼里，她的生活虽然只是一墙之隔，却犹如社会主义和资本主义一样矛盾和背离。

后来，我上了大学。

有一天，她的女儿来找我，送来一个印着SHISEIDO的纸袋，里面有一支玫红色的口红和一个眼影腮红化妆盒。

小人儿说，那是她妈妈送我的礼物，还说，妈妈邀请我去家里玩。

我如同怀揣见不得人的秘密，把礼物藏在书包最底层，心里纠结着：要不要去？要不要去？

最后还是去了。

我紧张地换了好几套衣服，最终扎了马尾辫，穿着白衬衫牛仔裤，涂了她送的口红，站在她家门口。

她打开门，满意地上下打量我，给了我一个扎实的拥抱。

虽然我看过很多奥斯卡提名电影，读过《了不起的盖茨比》《基督山伯爵》之类跌宕起伏的小说，但一个大一女生的想象力其实丰富不到哪里去，所以，我显然被她家的水晶吊灯、巨大的梳妆台、衣帽间震晕了。

她摆出精致的下午茶——成套的骨瓷茶具、甜蜜的巧克力、各种形状的饼干，不停张罗，要我吃这个吃那个，好像我还是当年那个12岁跳皮筋的小女孩。

她用对待成人的方式和我聊天，很认真地听我说话，我感到受重视的满意。

更让我惊奇的是她的女儿。

这个从小在邻居眼里话少的古怪小孩其实活泼得很，她围着她妈妈跑来跑去，弹《欢乐颂》，向我展示她收藏的芭比娃娃、她画的画，以及她像考拉一样吊在妈妈脖子上的照片。

如果没有前尘往事，这真是一对相依为命、其乐融融的母女。

但是，我没有看到传说中小她9岁的叔叔，及其家人。

而且，我的城府显然遮掩不住好奇，她很快看穿了我的心思，说：他们都走了，他给孩子重新找了个妈妈。

我像做坏事被抓现行一样瞬间脸红，她只是浅浅微笑了一下。

为了缓和冒失带来的尴尬，我拿起小姑娘若干个芭比娃娃中的一个，问：“你给她们起名字了吗？”

“她们都叫小金刚，看，小金刚1号，小金刚2号，这是3号。”小姑娘骄傲地说。

太奇怪的名字，我疑惑地看看她妈妈。

她妈妈剥开一块巧克力，递给我，说：“小人儿喜欢芭比，但是太贵了，起初我也买不起，后来炒股，真是拿出高考的劲头来看资料，研究K线图，毕竟知识转化为生产力不过是时间问题。后来赚钱了，买得起芭比送她。一个女孩有张好看的芭比娃娃脸不一定能幸福，如果有颗坚强点的金刚心，至少不会太不幸，所以我把这些娃娃都叫‘金刚芭比’。玻璃心的芭比，只会伤心和被打碎。”

看着眼前的她，不太年轻，但是依然白而精致，眉梢眼角透着温和的信心，想到当年那个涕泪纵横绝望撞树的女子——她倒真像个打不倒的金刚芭比。

她跟我聊看电话亭的那些日子，有时候下雨，望着云层密布的黑压压的天，总希望云彩缝里早些透点阳光出来，可是大多时候，雨反而更大了。

还说起那个小她9岁的男朋友，谁不希望跟相爱的人白头到老呢？但是，她没有那个福气，再说，感情不是生意，结果不是衡量输赢的唯一标准。

也不避讳谈到她前夫，他再婚了，生了一个儿子，在单位里上着若有若无的班，可是，他毕竟送给她一个天使般的孩子，她祝他幸福。

呃，她刚在上海买了房子，为了女儿能够接受更好的教育，中年之后，她不怕去陌生的城市重新开始。

我想，对于一个有着金刚心，而不是玻璃心的芭比，一切都是最好的安排。

从前，我觉得只有露西、海伦、玛丽这样柔弱的名字才适合金发碧眼、凹凸有致的芭比，从来没有想过，她可以有“金刚”这样一个不会破碎的名字，或者，在纤细外表下隐藏了一颗坚韧的心。

曾经，我们总是试图从别人身上寻找自己的幸福，得到自己想要的。在一次又一次幻灭之后才发现，真正的幸福不过是内心的安定与和谐。而此时，原先的玻璃心，已经修炼成了不坏的金刚心。

是的，生活很忙，软弱和忧伤无人观赏。

或许只有金刚芭比，才会给生活一个飞吻，告别此岸的忧伤，游向彼岸的天地。

隔了这么多年，我坐在她身边副驾驶的位置，看她换CD，我笑着说：“现在早就不流行CD了，上哪儿不能下载点音乐放车里？”

她慈祥地看着我，说：“你得习惯接受我已经是个不再时髦的老年人啦！”

我拍拍她：“那也是个打不倒的老金刚芭比。”

# 你不是炮灰，你是炮弹

太多时候，女人把头高高抬起来，
不是因为自信或者骄傲，
只是不想让眼泪往下掉。

你想不想嫁给一个有钱人？

想嫁给有钱人的女孩有两种，一种是把远大理想静默地放在心里，眼神很无辜，内心很坚定，目的很明确，静若处子动如脱兔，一逮一个准，就要很多很多钱，连爱都忽略，比喜宝还要单纯；另一种，是天天嘴上碎碎念“我要嫁给有钱人我要嫁给有钱人”，其实勇气都被过嘴瘾耗完了，没几分力道落在实处，关键时刻净掉链子，自发启动富豪屏蔽模式，主动进入重感情的屌丝男选择程序，比如，现在正坐我对面号叫的M。

“你看你看，真的有土豪给我送钻石了！我要转运了哎！”

我看了一眼包装盒，知道那肯定不是个土豪，不是Cartier的正红，不是BVLGARI的纯黑，是Chaumet的低调柔棕，Josephine系列铂金的钻戒，俏皮的蝴蝶结设计优美，柔化了钻石的璀璨，更加优雅。

一定不是个没有审美的人。

“但是他有老婆。”M的眼光瞬间就黯淡了。

“不过他真的挺帅啊，还有钱，品位也不错。”眼光又亮了。

“不行，我是有节操的人！你看这戒指还真好看啊，舍不得还啊，你说我能不能只留着东西但是不跟他好？我要是不还他东西不会算我受贿吧？上帝这是在考验我吗？”M的眼神信号灯一样忽亮忽暗，演话剧似的叨叨，表情特别丰富，纠结得深入骨髓。

她白羊座，我狮子座。

我认识她10年，她比我小5岁。我见过她每一个男朋友，靠谱的和不靠谱的；陪她面试过每一份工作，热爱的和不爱的。好在，她这两样换得都不勤。

她曾经说，如果她结婚，一定找我站旁边收份子钱。那么多钱，得找个自己人看着，保不定谁抽两张都不知道呢，说完大喇喇地拍拍我，逼着我对她友爱的表白感激涕零。

她就是个有点“二”的姑娘。幸福小康之家出来的姑娘都有点这种类似的“二”，以为世界上揪心的事很少，直到遭遇她上一个男朋友劈腿——和她的闺蜜，像天涯热帖一样狗血。

她的闺蜜并不是个美人，普普通通的女孩子，和她最大的不同是知道示弱和装㞞。不像她，典型的火象星座，面子大过天，卖肾都要在服务生景仰的目光下买2000元的内裤，或者，被领导稍稍灌点迷魂汤就觉得自己是业界栋梁，不吃不睡也要把工作做成行业标杆，不然对不住天地良心。

火象星座的人，那叫一个傻，遇上同样死磕的土象星座还有点枪对枪炮对炮堂堂正正对仗的胜算，但若是遇到暧昧灵活的风象和水象星座，立即被四两拨千斤，溃不成军。没办法，人家懂得女性的柔软。

比如，同样一瓶矿泉水，M自己拧开，她闺蜜一定递给身边任何一个男性，不语，只轻笑，仿佛那是他的荣幸。比如，同样一只灯泡，M会自己换上，她闺蜜一定在微信朋友圈发一条：谁知道灯泡怎么换呢？配图是锥子脸嘟嘴幽怨自拍——当然，是美颜后的。比如，同样一个男人，M心疼他的钱比心疼自己的还厉害，她的闺蜜一定有办法让他觉得为女人花钱是男人天大的本事。

于是，在开了很多瓶矿泉水，换了若干次灯泡，买了不少次单之后，她的男朋友成了她闺蜜的男朋友，半年之后，成了她闺蜜的老公。

男人总是为柔弱而心意不定的女人失去理智，但是对于那些貌似坚强并且热爱他们、为他们望眼欲穿的女人，则表现得特别无情。

所以，假如你还在相亲途中上下求索，那么就让倡导女性自强的鸡汤见鬼去吧！你可以闷骚地自强，让心眼偷偷地坚硬，只要自己知道就行，不要满世界嚷嚷。在男人心里，大眼睛长睫毛的小白兔，可爱过同样大眼睛长睫毛的小老虎。

你要当兔妹，绝不做虎妞。

最人渣的是，这两个人结婚的时候居然给M送了喜帖。

M从包里掏出喜帖对我说："你说怎么回？我给他们放张白纸，上面写：再结一次我就给！解气吧！哈哈哈！"

余音绕梁的"哈哈哈"让我为她的智商着急。

他们结婚那天，M央着我带她去种睫毛，笑嘻嘻地说：长睫毛宝宝才有多多的人爱。

给我们种睫毛的姑娘是我的私藏，天生的段子手，几句话便把M逗乐了，就像当初逗乐我一样。当我和M分别躺上两张小床时，姑娘已经热络地表白："姐，你好像我失散多年的异父异母的亲生姐姐，真投缘！"

很多人不明白女人为什么花大把时间去修指甲、泡SPA、做面护，实际上，除了效果的好看，过程也是一场治愈系的安慰。

M和我继续听段子手小姑娘讲"二"的故事："姐，你说，为什么所有的前男友见面第一句话都是'你过得好吗'，我过得好不好关他个毛线？"

M说："他这样问，你怎么答呀？"

小姑娘说："我呀，我让他给我充200块钱话费。"

M问："然后呢？"

"然后就没有然后了呗！"

M笑成一团，问我怎么发现这个宝的。

小姑娘接着逗："姐，你这辈子做的最'二'的事是什么？先说我的，我开车看见点烟器红红的，就想还真能烧手吗？把手指头伸进去，嗤啦，一阵青烟，空气里一股子肉味。"

停顿了几十秒，M接："姐干得最'二'的事，是把男朋友借给闺蜜撑场子，结果闺蜜不还了！"

轮到小姑娘笑得花枝乱颤："你赢了，真比我'二'！哎哟，怎么流眼泪呀，是不是胶水熏眼睛了，别动别动，我来擦，眼泪影响胶水牢靠程度哈！"

我心里一凛。

种完睫毛，M扑闪着扇子一样的大眼睛对我说："我在信封里包了2000块钱，没有放白纸，托人带过去了。"

我拍拍她。

太多时候，女人把头高高抬起来，不是因为自信或者骄傲，只是不想让眼泪往下掉。

从此，M更加认真地工作，她本来就是个非常努力的姑娘，这下更是勤奋得让人发指。

天不亮就起床跑步，晚上做瑜伽，常常恨恨地对我说，男人年龄越大，审美眼光越往下，一双美腿具有无可比拟的杀伤力。脸蛋再美不过两个巴掌大，身体展开至少得有两个平方米吧，得让这两个平方米充分发挥优势。

我不忍心打击她，再美的腿，也得遇上个男的才能发生化学作用吧？

她豪壮地笑，挥起粉拳："人生的三大目标是：榨干每一分钟的剩余价值，做独立自强的女人，嫁个有钱人！然后双剑合璧，天下无敌！"

振聋发聩，女不强大天不容的架势。

人把时间花到哪里，结果最有话语权。

M在"夜总会"（夜里总是开会）迅速升职，项目做得有声有色，气色越来越好，人也越来越自信。

我替她高兴。

她此时坐在我对面不停摆弄那个戒指，套上去拿下来，再套上去再拿下来。

"他不仅有老婆，还是我上司。"M看着手上灿灿的银光，轻轻地说。

真正的闺蜜，倾听比倾诉更重要。

"你打算怎么办？"

"你说我换份工作或者换个岗位怎么样？""二姑娘"笑嘻嘻地说。

"有合适的机会吗？"

"找找看，机会总是有的。这个戒指算是挑开了一切，以后怎么相处呢？这么小的钻就想收买我，我要鸽子蛋那样大的！"M看似趾高气扬，实则心慌气短，陪她这么多年，我也练成了如炬目光。

她猛地把一包糖全倒进面前的红茶里，使足了劲在杯子里搅和，突然停下来，要哭的样子："其实我还真有点喜欢他，你说我怎么这么背呢？好不容易爱上一个，跑了；好不容易被人爱上，婚了；好不容易升职，摊上这破事。呵呵呵呵，我简直就是生活的炮灰！”

我看着M迅速布满眼泪的脸，走过去轻轻抱住她。

生活中，有太多这种“二姑娘”。

平时刀子嘴俗里巴唧，空喊出要干一番利己主义大坏事儿的雄心壮志，可是真的给她机会，她下不了那个狠手——善良与凶暴一样，是血液里的基因，不是嘴上的快活。好像小美人鱼，用自己最动听的声音交换踩在刀尖上的脚，姐姐们用长发换取巫婆的匕首，虽然只要刺进王子的身体，让鲜艳的血滴到她脚上就能重新变成自由自在的公主，继续长命百岁，可是她做不到，她宁愿选择变成天堂里的泡沫，也不愿成为地狱中的女王。

每个女孩的生活中都有很多目标，有的是挣很多很多钱，有的是从别人那儿获取很多很多钱；有的是得到很多很多爱，有的是付出很多很多爱给别人；有的是努力成为某个领域的成功者，有的是寻找捷径登上某个领域的巅峰。

区别是，有的路看上去很短，走起来却很难；而有的路，看上去很难，走下去，却越走越宽。

很多选择了貌似艰难路途的姑娘，不是傻，不是“二”，而是丢不开心底真正的温柔宽厚。

那些看上去很短的路，常常是最艰难最没有可能性的路，它们仿佛离成功只有一步之遥，但跨越那一步，需要的不只是勇气和运气。所以，还不如索性咬紧牙关，把生活当作一场长途旅行，踏踏实实、安安心心地走自己的寻常路。可能会绕远，可能有更多磕绊，可是，你不需要巴结谁、讨好谁、辜负谁、背叛谁，你凭借自己的能力，走到自己能到达的最远的地方。

你会发现另一种美丽人生。

当时，我轻轻抱着M，尽量像个姐姐：“你不是炮灰，你是炮弹，瞄准长远的幸福，弹无虚发。”

M还了戒指，调整了工作岗位，现在，一切更好。

善良的姑娘终会有好结果——这不是童话里说的。

# 人不作，话不多，事不拖

聪明和愚蠢都是漫长时间做出的评价，
真正的聪明人从来不是面相上的精明，
而是行为上的“大智若愚”。

20年前我刚工作时认识一个女孩，那会我们叫她“二姐”，因为她似乎没有年轻女孩的灵动和聪明劲儿，有点“笨笨的”。

“二姐”20来岁时唯一的优势是外貌挺好看，但不是妩媚温柔异性缘好的那一款，而是新闻主播凛然不可侵犯那种，加上身高173厘米，很容易被当成壮劳力，而不是被呵护的女孩子。我和她同时入职，在不同分公司做总经理秘书，有了她的对比，我的矮就显得娇小而很被照顾。

“二姐”一入职就处在特别复杂的环境，她的老板据说在职场换届中被淘汰，很快将被新人替代，整个公司的茶水间几乎都在议论这件事，大家都希望从“二姐”这儿探听点内幕消息，可她笑得那么憨厚：“我真是不知道呀。”

说完了还很抱歉地请大家吃点下午茶，好像对自己不知道内幕也很羞愧一样。反复了几次，再也没有人想问她任何问题，反正无论问什么，都是“不知道”——领导的亲信居然消息那么不灵通，只能说明她混得不好。

“二姐”的“笨”却在这次人事变化中保护了她——所有新领导上任，都会带一批自己人，却又不能显得对前任苛刻到“片甲不留”，于是留下谁就成了一门学问。

看上去秘书是前任最贴心的干将，可“二姐”怎么看都不像“干将”。她一如既往地整理文件、处理行政事务，嘴也没多甜手也没多快，但是继任总经理却觉得这个女孩资历尚欠、根基尚弱，看着人也厚道，不如观察一段时间。

这段“观察期”就成了机会，“二姐”的“不机灵”就转化成了优势，她可靠、稳定并且口风紧，还有谁比她更合适做秘书呢？于是她不仅没有被辞退，反而在一年后获得了职级的提升。

她的新老板有一句常说的话：“这谁看上去不声不响，平时好像也没有什么大动静，可她只要请假了，公司立刻不一样，这也是竞争力呀！”

多年后，我和“二姐”早已离开那家公司，能够谈笑风生当年的“秘密”，“二姐”说：

“我特别感谢调走的那位老板，他临走最后一个工作日对我说：‘小姑娘，我就要走了，这几个月你从来没有因为我是个要走的领导而在态度上有任何变化，我很感谢。继任和我工作方式完全不同，他也非常有能力。我的去留不是个人问题，而是公司组织架构调整，你一个年轻女孩没必要搅和在里面，工作上该怎样就怎样，不要显得太出头，你就不会有问题。’我后面不过是按照他的思路做事。”

“二姐”让我相信，《射雕英雄传》里郭靖有那么多师父不是虚构，而是一个厚道人，更容易得到高人的信任和指点。

“二姐”结了两次婚，假如我没有见过她第二位丈夫，甚至不知道她什么时候再婚了。

她的第一位丈夫家庭背景很不错，婚礼也隆重。和普通已婚女人总喜欢谈论自己的丈夫和婚姻不同，“二姐”十几年前就对自己的私事守口如瓶，从来不加入抱怨老公婆婆的聊天团队，被盛情邀请后她也会说：“其实谁家都一样啦。”把这个问题轻轻地荡过去。

所以，“二姐”结束第一次婚姻时，身边人不知道原因、不了解过程、不清楚财产分配，所以无从议论，最多是做一些浅层次猜测，比如“这个女人木木的，和谁都不亲近，婚姻肯定搞不好”。

除了这些便没有更深入的传言，“二姐”看上去还是老样子，上班下班，没有亲密无间的同事，她好像也并不需要虚假繁荣的人际关系。

我第一次见到“二姐”和她再婚的丈夫，是在超市。男生看上去比她年轻，两个人手挽手亲密地在货架边做比较，见到我，“二姐”一愣，马上大大方方主动走过来打招呼：“筱懿，这是我老公。”

我们寒暄问好，我由衷感觉到夫妻俩感情不错。离开后我给“二姐”发微信：结婚都没告诉我一声。

她回复：哈哈，反正你会真心为我高兴，有什么好特地说的，顺其自然不就知道了。

我说：你还是老样子，自己的事情向来低调。

她答：难道高调有什么益处吗？

事后我想，对于女性，不要让别人了解你太多其实是对自己的保护。绝大多数女人的私事，都是她本人先说个框架，然后由热心群众添砖加瓦、完善细节，二次创作出来。像“二姐”这样不给人机会，反而少了很多口实。

一向慢吞吞的“二姐”，创业倒不慢，她十多年前开始做基本款女装。

这个念头源于一次聊天，几乎所有女人都有两个梦想：开服装店或者咖啡馆，只是绝大多数人想想就算了，“二姐”却在想过之后落到行动：服装款式、店面选择、进货渠道、客单价和客户群体，一一做了周密规划。区别于个人风格鲜明的服装店主，她只做质量上乘的基本款女装，颜色也不过黑白灰之类低饱和色，客源却很稳定，最早用QQ维护客户群，之后用微信。

成功开了几家店，便有人劝她做自己的品牌。她在考察供应链和市场之后放弃做自己的服装品牌，倒是开了一家线上烘焙店。在线下开设旗舰店，地址就选在她的服装店隔壁，而主要客群基本用微信在线上维护，服装和烘焙的客户还做了相互打通。

我有时去逛她的服装店，她请我到隔壁吃蛋糕喝茶，我问她：“当年入行那么早，为什么没有做自己的服装品牌？”

“二姐”说：“我在考察了供应链和市场之后，比对了自己的团队，觉得实力无法支撑自有品牌。但是我做服装入行早，有初始客户积累，做一个相关但没有竞争关系的行业还是可以的，于是开了蛋糕店。你看，‘衣食住行’这四项功能我占据了两项，虽然都不是大事业，但维持不错的生活足够了。”

其实很多人都有点不服气，为什么木木的、笨笨的“二姐”既拓展了擅长的事业，又在当下拥有不错的婚姻？

我看过一句话：能成事的人，都是“人不作，话不多，事不拖”。

立刻想到“二姐”。

她从来不作，明明挺好看，却从不用自己的“漂亮”撒娇放痴，以便获得额外的便利，看上去工作没少干，但锻炼出来的能力是自己的；

她从来不多话，像一个严丝合缝的鸡蛋，不给苍蝇找到叮进去的缝隙，给自己一道保护程序，也获得了别人的信任；

她做事从不拖拉，想到做到，却也明白自己的优势和短板，不逞能。

她的“蠢”不是智商低，而是看上去笨笨的。

聪明人太活跃和骚动，上蹿下跳像踩钢丝一样去寻找机会，其实“乱动”才是最大的风险。我看到很多“机灵”的女孩迷失在一段又一段感情中，蹉跎在一份又一份工作里，浪费在一句又一句废话上，始终没有沉下心去等一个机会、爱一个人、做一件事。

路上开车，你会发现“反应快”的人总是左右突围在车群里穿梭，但是特别不巧，他们经常换到哪里哪里堵车，车速甚至还不如那些按部就班的“笨人”。

聪明和愚蠢都是漫长时间做出的评价，真正的聪明人从来不是面相上的精明，而是行为上的“大智若愚”。

# 最终成全我们的，是爱不是恨

生活里，很多灿烂的偶像剧，
背后不知经历了多少百转千回的内心戏。
离婚之后能处理好一切遗留问题，
不留下太多尴尬心碎的人太少了。
可是，最终成全我们的，依旧是爱不是恨。

我有一位特别努力的女朋友，她在生活、职业和爱好上的用功远远超过一般人，成效也很出众，朋友们都以为她是个特别励志的女子，身边的“人生赢家”那个款型，每次拿她开玩笑，她都微笑否定。

一天，她邀请我去她家里做客。我惊讶地发现，巨大的房子里只住着她一个人，窗外飘着雪。我们俩靠着暖气，围着小小的精致的圆桌，各自捧着一杯热腾腾的红茶，打开往事。

在大家眼里我是个特别勤奋的人，实际上，这种超越常人的努力是从三年前我离婚开始的。

我和孩子的爸爸曾经是一对特别相爱的恋人，因为爱情走进婚姻，因为爱情迎接女儿的到来，只是孩子并没有带来想象中的幸福，反而被教育方式、老人、保姆等等一地鸡毛的琐事离间了感情。不记得从什么时候开始，我们之间分歧越来越大，越来越无法沟通，直到无话可说，婚内分居近两年。

特别痛苦的婚姻，不是没有感情，而是眼睁睁看着深情被岁月消耗却无能为力。两年里，我尝试各种修复与弥合，收效不大，最终我们双方都觉得婚姻是件若有若无的摆设，价值仅在于证明自己是体面的社会人，以及给女儿一个完整的家。我们早已失去有温度的互动，对方的任何信息都懒得关心，甚至因为这种婚内淡漠心里浅浅地叛逆和怨怼，如此继续，怨恨迟早积聚成仇恨，我们将连基本的礼貌和情分都维系不住。对于很多中国式夫妻，或许这些都构不成离婚原因，中国式家庭往往不是过得好，而是忍得好和演得好。

可是，我是演技比较差的那种，眼看着爱人渐成仇人，太煎熬了，经历各种努力都没有改善之后，我彻底放弃，提出离婚。

他惊讶又愤怒。

男人觉得婚姻状况糟糕与希望打破它是两码事，尤其是一个曾经那么仰视他，他也自认完全搞得定的女人突然要离婚，是个男人肯定都有措手不及、颜面尽失和恼羞成怒的感觉。很多时候，分手的难度不在于情深，而在于由谁提出来，以及主动权貌似把握在谁手中。主动的人具备心理优势，自感被动的人则充满不甘，那种委屈和愤懑总得找个渠道宣泄。虽然失败的感情与婚姻实际上并没有主动与被动、赢家与输家的区分，谁不是付出了岁月和真情呢?

他宣泄的方式是请了三位律师和我谈话，分财产要孩子。

我说孩子才是我最珍贵的财产，其他怎样都行，而且，女儿肯定是跟着妈妈更合适，但是他坚持要孩子，让我法庭见。

没有经历过离婚诉讼准备，无法体验那种煎熬。

搜集各种证据以击败甚至打垮对方，而那个对手，却是曾经和自己耳鬓厮磨预备白头偕老的人；提交符合离婚条件的各种证据，准备好一审不通过二审，二审不通过三审，几个回合下来，很多夫妻便再也消耗不起，撤回诉讼继续形式上的婚姻；而全部程序走完，两三年光阴就在仇恨和斗争中度过，对彼此的身心、情感、事业、声誉都是巨大打击。

那时，我们的女儿三岁，刚刚上幼儿园，是个特别内向敏感的漂亮小姑娘。我不能想象，经历两三年这样的家庭变故，孩子内心将有多大创伤。每个孩子都是天使和妈妈的心头肉，我是成年人，生活怎样变动都能承受，可是孩子扛不住，幼年的伤害是一辈子难以愈合的伤口。

我们维持家庭表面的平静，却在孩子抚养权的拉锯战中磨损着，有一天，我发现女儿蒙着被子偷偷地哭。三岁的小人儿似乎察觉出家里伪装的和睦、大人虚伪的笑与应付，哭得小床都在颤抖。我轻轻拉开被角，她扑闪着大眼睛安慰一般说：“妈妈，我只是找不到自己的娃娃了。”

我瞬间崩溃，孩子多敏感啊，绝不能再这样拖下去。

当晚，我主动向他认㞞。

我对他说，如果他是真心爱孩子，不是为了报复我让我难受才抢孩子，我同意把孩子给他，离婚协议里我什么都不在乎，只请他加一条：假如他再婚，孩子归我。

他吃惊地看看我，问我为什么想通了。

我说，我是妈妈，假如女儿能够得到最多的爱和最好的成长环境，我丝毫不在意她最爱的人是不是我，甚至她可以对我有误解和不满，只是，她自己一定要过得好。

我最后说：请你的律师团队起草协议吧，所有条件我都同意，只求速离。

不要试图挽留去意已决的女人——女人心灰意冷前一定都做过特别多的努力，只是男人没看见，或者装作没看见。错过这个节点，女人就是破釜沉舟的勇士。

我明白那种看起来的豁达、实际上的藐视多么伤男人面子，可是我也理解，女人得万念俱灰到什么程度，才宁愿放弃一切都要逃出婚姻。

三位律师商量后起草的协议苛刻又严谨，尤其探视权规定得极其严格，在上小学之前我都不能带孩子外出旅行，或者将孩子带离住所过夜，如果我想陪孩子睡觉给她讲故事，只能回到那座尴尬的房子；特别注明的是，如果我再婚，将永远失去对孩子监护、抚养权变更的请求权。

我不想再拖下去，签了。

我用最短的时间在同一个小区租了一套简陋的房子，这样，我可以在孩子幼儿园做早操的时候偷偷看她几眼，至少，她和我只隔着200米的距离，仿佛伸手就能碰触。

于是，我仅仅带着书、衣服、箱子这些私人物品离开生活5年的"家"，其余寸缕未取。

你感受过对孩子刻骨的思念吗？

眼前是她心里是她梦里还是她。

那段时间，我不能看差不多大的小女孩，见了眼前就有幻觉，好像是我女儿，忍不住要走过去抱抱；深夜，我一遍又一遍看电脑里女儿的视频，各个阶段的影像历历在目，第一次笑，第一次爬，第一次走，第一次叫妈妈，心被揪住一般疼痛；手机里几乎全是女儿的照片，经常，隔着触摸屏，我把照片放大，似乎能感觉到她头发的柔软和小小身体的温暖，还有肉鼓鼓的小包子一般的脸蛋儿。

假如你有孩子，一定能理解，见不到孩子，是对妈妈最大的残忍。

你问我为什么如此痛苦还要选择离婚?

呵呵，凑合的婚姻不过是形式上的完整，实际上埋葬了三个人的信任、情感、爱与新生的可能；离婚是尖锐的痛苦，却为生活开启了另外一个出口。

在貌似完整却充满分歧的婚姻里，父母没有爱的温度，总是冲突和对抗，孩子更加无法避免矛盾型人格。而一个人，至少能够用自己连贯的思想与方式和孩子共处，给孩子纵然有缺憾却平稳的生长环境。

我和孩子爸爸联合起来撒谎：妈妈要到外地工作，不能天天陪宝宝，但是，妈妈每个周六都会回家看宝宝，因为宝宝是妈妈唯一的、最爱的小宝贝儿。

孩子似懂非懂地点头，逐渐接受了妈妈只有周末才回家的事实，她的生活看起来和往常一样平静，充满疼爱和宠溺，胖胖的小手经常在地图上指：这周妈妈在北京出差，下周在上海，还会到郑州……妈妈，你的老板什么时候可以不让你出差呀?

我变着法子从网上买各种各样不同地方的零食与玩具，见面时对孩子说：这是妈妈从某某地方带回来的礼物噢。

三年了，我的宝宝像生活在《美丽人生》的电影里一样，在“妈妈出差去”的情景剧中快乐成长。

那么，那些想孩子的晚上我做什么呢？

我不停地画图、接工程、研究各种各样的设计案例，把工作量安排得满到溢出来。哭泣没有用，怨恨没有用，倾诉更没有用，我花了那么大代价走出沉没的婚姻不是为了折磨自己，在另一种方式里颓废，而是要给自己重生与出口，以及开始新生活的可能。

我用工作填补思念，每天累到想不动爬上床就睡。

不可否认，起初促使我发奋的动力是怨恨和不甘，我眼前总是浮现出他找来的三个冰冷而职业的律师的脸，告诉我不可能打赢官司抢到孩子。我很幼稚地想，总有一天，当我比他强的时候可以请六个律师把孩子抢回来，可以推翻那些苛刻的探视协议，自由自在牵着孩子的手。

我带着这样的恨努力工作，却得到了意外的收获。

我的室内设计作品得了大奖，业务的开展也顺风顺水，很快成立了自己的设计工作室。

只有每个周六，天大的事情我都不去，因为，这天是妈妈“出差”回家的日子，我不想孩子有一丁点儿失望。

我去深圳领奖。

站上领奖台的那一刻，我的眼前不再是女儿的脸和过往的生活图景，而是这些日子满满的工作，客户们的肯定和支持，以及被闪耀的灯光照射得一片光明的舞台。瞬间，我心里一直放不下的恨与委屈倏忽落地。

我已经不记得拿到奖杯的过程，可是清楚地记得那天内心里的翻腾：

他不把孩子给我，无论是出于对孩子的爱，还是对我的恨，可是这些日月，他付出了扎扎实实的爱。

带一个孩子容易吗？吃喝拉撒睡，梳头讲故事，上幼儿园去兴趣班，病了抱，累了背，他付出了自己的心力，担得起好爸爸的称呼。

甚至，没有他承担起照顾孩子的大多数责任，我哪里能把整块的精力放在工作上实现自己的梦想？客观地说，我的成绩里有他和他三个律师的功劳。

对很多事情的纠结不过就是个心结。的确，没有过去的经历，成全不了现在的我；没有从前失败的婚姻，成全不了眼前涅槃后的生活。

命运拿走一些美好，但也还回了另一些圆满。

世界上没有完美，任何表象的完美，不过是因为我们没有看到有缺憾的另一面。

人生那么长，多一点爱不好吗？何必心心念念地去恨一个人呢。

从那天起，我就放下了。

我尽量配合他的教育思路引导女儿，在一切可能的时候告诉女儿爸爸妈妈多么爱她，尤其，她的爸爸是个多么值得她尊敬和骄傲的人。

女儿很快乐，这么久都没有察觉出家庭的变化。

我也释然，继续自己的事业，以另外一种方式做个好妈妈。

我希望有一天，孩子更大更懂事的时候向她解释我们的状况，希望这个过渡自然而然，把伤害降到最小。

同样，我也由衷希望他有一天能够理解我的选择，真正放下对我的怨恨。

实际上，我听到她半夜醒来看孩子视频那段就已经泪流满面，同为母亲，我太理解妈妈想念孩子的感受。

生活里，很多灿烂的偶像剧，背后不知经历了多少百转千回的内心戏。

离婚之后能处理好一切遗留问题，不留下太多尴尬心碎的人太少了。

可是，最终成全我们的，依旧是爱不是恨。

我看着她像燕子衔泥一样垒起来的新家，这里确实是个新开始。

在我的公众号“灵魂有香气的女子”中，经常由读者投票决定内容和话题，“离婚”是其中点击率特别高的关键词。

随着婚姻关系的变化、女性意识的转变以及婚姻所能带来附加值的削弱，离婚成为越来越普遍的现象，对于婚姻关系解体的思考角度也会改变。

怎样处理好一段已经没有情感价值的婚姻？怎样对待一段已经终结的婚姻？怎样善待曾经在婚姻关系中产生的最大财富——孩子？

女性怎样走出一段失败的婚姻关系，修复内心的感情世界，保护孩子的心灵和生活，面对事业的影响与社会的质疑，寻找新的生活方向与出口？很多人都在努力尝试。

愿她们有新的、美好的开始。

（全书完）

美女都是狠角色

产品经理 | 张　幸　　技术编辑 | 白咏明
书籍设计 | 王　雪　　特约印制 | 梁拥军
监　　制 | 何　娜　　策 划 人 | 路金波

图书在版编目（CIP）数据

美女都是狠角色 / 李筱懿著. -- 杭州 : 浙江文艺出版社, 2020.1
ISBN 978-7-5339-5917-3

Ⅰ. ①美… Ⅱ. ①李… Ⅲ. ①随笔—作品集—中国—当代 Ⅳ. ① I267.1

中国版本图书馆 CIP 数据核字 (2019) 第 255941 号

美女都是狠角色
李筱懿 著

责任编辑　金荣良
装帧设计　王　雪

出版发行　浙江文艺出版社
地　　址　杭州市体育场路 347 号　　邮编 310006
网　　址　www.zjwycbs.cn
经　　销　浙江省新华书店集团有限公司
　　　　　果麦文化传媒股份有限公司
印　　刷　北京盛通印刷股份有限公司
开　　本　880 毫米 ×1230 毫米　1/32
字　　数　170 千字
印　　张　7.25
印　　数　1-21,000
版　　次　2020 年 1 月第 1 版　2020 年 1 月第 1 次印刷
书　　号　ISBN　978-7-5339-5917-3
定　　价　39.80 元